LETTRE DE MADAME

la Princeſſe Doüairiere de Condé, preſentée
à la Reine Regente.

Contenant tous les moyens dont le Cardinal Mazarin
s'eſt ſeruy pour empeſcher la Paix, pour ruiner le
Parlement & le Peuple de Paris; pour tâcher de per-
dre Monſieur le Duc de Beaufort, Monſieur le
Coadjuteur, Monſieur de Brouſſelles, & Monſieur
le Preſident Charton; par l'aſſaſſinat ſuppoſé contre
la perſonne de Monſieur le Prince; & pour empri-
ſonner Meſſieurs les Princes de Condé & de Conty,
& Monſieur le Duc de Longueuille.

M. D C. L.

LETTRE DE MADAME
la Princesse Douairiere de Condé, presentée
à la Reine Regente.

Contenant tous les moyens dont le Cardinal Mazarin
s'est servy pour empescher la Paix, pour perdre le
Parlement & le Peuple de Paris, pour tascher de perdre Monsieur le Duc de Beaufort, Monsieur le
Coadjuteur, Monsieur de Broussel, & Monsieur
le Prefident Charton, qui s'estoient faits les protec-
la pesfonne de Madame la Princesse, & pour emprisonner Mesfieurs les Princes de Condé, de Conty,
& Monsieur le Duc de Longueville.

M. DC. L.

LETTRE DE MADAME
LA PRINCESSE DOVAIRIERE
DE CONDÉ,
A LA REINE
REGENTE.

Escrite de Chilly le 16. May 1650.

MADAME,

SI voſtre MAJESTE' a receu juſques icy favorablement toutes ſortes de miſerables, ſi elle a toûjours écouté leurs plaintes auec tendreſſe, & donné ſans ceſſe vn prompt remede à tous leurs maux, j'oſe eſperer de ſa bonté Royale, qu'encore que mes ennemis ne me permettent pas de l'aborder, ny comme Princeſſe que ie ſuis, ny comme la plus infortunée de toutes les meres, & que ma voix, à cauſe de mes ſoupirs, & de l'éloignement que l'on m'ordonne, ne puiſſe pas arriuer juſques à vous, vous ne laiſſerez pas de jetter les yeux ſur ce papier que ie vous enuoye, pour y lire l'excez de mes infortunes, & de me donner auſſi toſt le ſoulagement que ie vous demande, que ie n'attends que de vous ſeule, & que ie ne puis receuoir que de voſtre generoſité. Encore que les auguſtes ſoins que vous prenés inceſſamment pour la gloi-

A

re du Roy voſtre fils, & pour le bien de ſes peuples, n'ayent
point eſté juſques à cette heure interrompus par ma voix
ou par mes Lettres, & que le recit de mes larmes n'ayent
point encore donné ſujet aux voſtres de couler, vous
vous imaginés bien ſans doute, que ma douleur, bien
qu'elle ſoit extreſme, n'a pas eſté muette, que mes paroles & mes cris ont aſſez retenti dans les Bois où j'eſtois
confinée ; que mes maux & mon innocence me donnoient vn aſſez ample matiere de vous écrire, & que j'ay
verſé plus de larmes qu'il n'en falloit pour toucher le cœur
le plus dur à la compaſſion. J'ay parlé, j'ay crié, j'ay pleu-
ré ſeulement de mon extreſme malheur, ſans vouloir jamais que mes paroles, mes cris & mes pleurs paſſaſſent
plus loin que les deſerts de Chantilly, de peur que vous
diſant les maux que mes ennemis me font, abuſant injuſtement de voſtre nom & de voſtre authorité, vous n'euſ-
ſiez quelque ſoupçon que ie vouluſſe me plaindre de vous,
& vous acuſer d'eſtre inſenſible à ma douleur.

Mais enfin voyant que l'on venoit encore de nouueau
me perſecuter au fond de ma ſolitude, & m'oſter la deplorable ſatisfaction qui reſte aux miſerables de ſe pouuoir
plaindre en repos & en quelque ſorte de ſeureté, & m'ap-
perceuant que pour faire ceſſer, ou pour mieux dire pour
augmenter encore ma juſte douleur l'on tâchoit de me
donner de la crainte par la multitude des gens de guerre,
qui auoient en vn inſtant enuironné tous les lieux de
mon exil, & que l'on vouloit me rauir mon innocence,
& les autres biens qui me reſtent, en m'obligeant de ſortir de France ſans voſtre permiſſion, & à tomber en vn crime apparent que l'on euſt eu pretexte de punir, auec apparence de Iuſtice : Ie me ſuis enfin reſoluë de rompre le
reſpectueux ſilence que ie garde religieuſement depuis
trois mois à voſtre Majeſté, & à tout le monde, & j'ay
fait voir en public ma douleur, qui d'ailleurs doit eſtre aſſez connuë, afin de ne paſſer point parmy mes ennemis
pour vne Mere inſenſible au malheur de ſes enfans, com-

me ie m'asseuré que ie passe dans l'esprit de V. M. & de tous les gens de bien pour la plus miserable de toutes les femmes, & la plus affligée de toutes les meres.

❧ I'ay donc pris la liberté, MADAME, de vous enuoyer cette Lettre toute baignée comme vous voyez, & presque toute effacée de mes pleurs, qui certainement vous donneront mieux à connoistre la verité des maux que ie souffre, que les foibles caracteres dont ie me sers pour vous les faire sçauoir. Comme ie sçay que les miserables sont toûjours plus importuns à ceux qui sont auteurs de leurs miseres, qu'à ceux qui n'en sont que les spectateurs, desquels ils reclament le secours, aux vns par le reproche que leur fait leur conscience, & le visage de ceux qu'ils persecutent injustement, aux autres par l'apprehension qu'ils ont de la misere la voyant deuant leurs yeux, ie n'employeray pas beaucoup de temps, MADAME, à vous representer la grandeur de mes maux & de mes ennuis, qui m'accablent si fort, qu'à peine me laissent-ils la liberté de l'esprit & de la main pour vous les exprimer.

I'ose esperer de vostre bonté, MADAME, que vous les conceurez dans toute l'étenduë de leur rigueur, si vous prenez la peine de remarquer, qui est celle qui a l'honneur de vous écrire, & de reclamer vostre protection. Vous verrez d'abord à mon nom à ma douleur que c'est la premiere Princesse de vostre Sang, que vous auez autrefois tant honorée de vostre affection, & qui estoit l'vnique confidente de tous vos déplaisirs; la Veufue desolée du premier Prince du Sang, que toute la France a regrettée auec vous; & enfin que c'est la Mere infortunée de plusieurs enfans tres-malheureux. C'est la mere du Prince de Condé, le soustien de l'Estat, la terreur des ennemis de la France, & l'amour de ses Peuples, & principalement des Bourgeois de Paris; amour qu'il tenoit tres-cher, & qu'il a neantmoins hazardé de perdre, comme il l'a perdu en effet, pour conseruer l'autorité de vostre Regence, que la malice & l'imprudence d'vn Mini-

ftre étranger auoit renuerfé tout à fait. C'eft la mere du
Prince de Conty, qui deftiné dés fon enfance au culte
de Dieu & de fon Eglife, a voulu dans vn âge encore foible faire vn coup d'effay, commençant de bonne heue
à defendre les Parlements & les Peuples de l'oppreffion,
& les maintenir dans la fidelité qu'ils auoient au feruice
du Roy; afin qu'il fuft vn jour plus capable de les defendre de l'herefie, & de les conferuer dans le zele & le ref-
peêt qu'ils ont pour le Sainêt-Siege. C'eft encore la mere
de la Ducheffe de Longueuille, qui a efté contrainte de
fe confier plûtoft à l'infidelité de la Mer, qu'à la perfidie du
Cardinal Mazarin, & de fe voir en danger d'eftre enue-
lopée dans les eaux, que d'eftre enfermée comme fes freres & fon mary dans vne prifon qu'il luy preparoit, pour
la recompenfer des foins qu'elle a employez à Munfter
auec Monfieur de Longueuille fon mary, pour donner
vne Paix auantageufe à la France, qui fans doute n'euf-
fent pas efté inutiles & infruêtueux, fans les artifices de
ce Cardinal, qui empefcha lors par Monfieur de Seruien,
que la Paix ne fuft fignée, comme Monfieur de Longueuille & Monfieur Dauaux eftoient prefts de la figner, &
qui ne ceffe encore aujourd'huy de s'y oppofer, eludant
toutes les propofitions que l'Efpagne luy en fait, qui ne
laiffent pas d'eftre vtiles & glorieufes à la France, non-
obftant le trouble & le defordre qu'il y excite, ou pour fa
paffion ou pour fes interefts, & pour l'établiffement de
fon Neueu & de fes trois Niepces.

Ie vous reprefente, MADAME, que ie fuis la mere
tres affligée de deux Princes & d'vne Princeffe, parce
que c'eft la feule caufe de la perfecution que ie fouffre, &
que le feul crime que j'aye commis eft d'auoir mis au
monde le Prince de Condé, le Prince de Conty, & la
Ducheffe de Longueuille. Ie ne penfe pourtant pas,
MADAME, que le nom de Mere vous doiue eftre fi
fort odieux, puis que vous l'auez fouhaitté paffionné-
ment l'efpace de tant d'années, que ce foit vn crime que
                                                    d'en

d'en estre honorée, puis que Dieu vous l'a donné pour ré-
compense de vostre Vertu, & que celle qui le porte à si
bon tiltre que ie faits, ne puisse pas trouuer auprés de vous
la protection que ie vous demande, & que vous ne pour-
riez pas me donner, si vous mesme n'estiez mere, & la
mere du Roy. Souffrirez-vous, MADAME, que le respect que l'on doit à ce sacré nom soit si cruellement violé
en ma personne, & que mes ennemis faisant mourir tous
les jours mes enfans dans l'obscurité d'vne prison me l'a-
rachét, auec la mesme violence qu'ils ont arraché de mon
sein ces cheres personnes, de qui ie tiens cette auguste
qualité de Mere.

Vous estes Mere, MADAME, écoutez la voix de
toutes les meres, & de la Nature mesme, qui vous parle
en ma faueur; & si vous auez ardemment souhaitté que
Dieu exauçast les vœux & les prieres que vous luy fistes ces
années dernieres pour la santé de vos sacrez Enfans, en
danger de mourir de maladie, refuserez-vous d'entendre
aujourd'huy les tres-humbles supplications que ie vous
faits pour la deliurance des miens, la prison où ils sont
estant aussi cruelle, & bien souuent aussi perilleuse, que la
plus grande maladie qui leur puisse arriuer, & qui a déja
pensé faire perdre la vie à mon fils le Prince de Conty.

Aprés cela, MADAME, que vous puis-je dire qui
soit plus capable de toucher vostre cœur, s'il n'est emeu
de compassion & de tendresse au sacré nom de mere, en
vain dois-je esperer qu'il soit attendri par le recit ennuieux de tous les maux que ie soufre depuis mon bannis-
sement, aussi ie ne doute point que vous ne fussiez viuement touchée de l'excés de ma douleur, s'il m'estoit permis de vous approcher pour vous la dire, & par ma voix
& par mes soupirs, & que mes larmes n'attirassent bien-
tost les vostres, si cette Lettre auoit seulement le bon-
heur de tomber entre vos mains, & de se monstrer à vos
yeux, qui ne seroient pas long-temps sans estre mouillez
de pleurs comme les miens, & sans vous porter aussi tost

B

à me faire misericorde & à mes miserables enfans. Aussi
mes ennemis, qui connoissent la bonté de vostre naturel,
la force du sacré nom de mere, la justice de ma cause, &
le pouuoir de mes larmes meslées vne fois auec les vostres,
n'ont eu garde de me laisser aprocher de vostre Majesté.
Ils m'ont esloigné de Paris, & de vos sacrez genoux, apres
m'auoir auparauant esloigné de vos bonnes graces, &
aussi-tost ils m'ont fait commandement de vostre part, de
me retirer en diligence au Chasteau de Chantilly. I'ay
obey sur l'heure sans resistance, & sans murmures, & bien
que ce lieu fust autrefois le plus agreable Domaine de
mes Peres, & presentement vn des riches effets de vostre
liberalité; Ie ne laissay pas de regarder ce lieu comme vn
exil tres fascheux, y deuant estre priuée de l'honneur de
vostre veuë, & de vostre bienveillance, & abandonnée à
la fureur de mes ennemis. I'eus pour compagne de mon
voyage & de mon infortune, Madame la Princesse
ma belle fille, dont la douleur n'est pas guere moins ex-
cessiue que la mienne; puis qu'elle pleure à mesme temps
la mort d'vn tres bon pere, & le desastre de son mary. Ie
menay auec moy le Duc d'Enguien, le Comte de Dunois, le Comte de S. Paul, & Mademoiselle de Dunois
mes petis enfans, les malheureux restes du debris de ma
deplorable famille, afin qu'ils ne fussent pas tant exposez
à la rage de mes ennemis, & que leur presence & les en-
joumens ordinaire à ceux de leur bas âge, seruissent à me
faire supporter plus facilement l'absence & la disgrace de
leurs peres & de leur Oncle. Il y auoit, MADAME, pres
de trois mois, que nonobstant mes miseres, ie jouissois de
la tranquillité, que la constance Chrestienne & l'exemple
de Iesus-Christ mort en Croix pour nos pechez, m'obli-
geoit principalement en ce saint temps de Caresme de
trouuer au milieu de mes maux, ou au pied d'vn Crucifix,
ou en la compagnie de quelques personnes de pieté, quãd
trois ou quatre de mes gens les vns apres les autres, me vinrent dire d'heure en heure, qu'il y auoit des gens de guerre

à Louure, à Senlis, à Luzarché, à Pons, & en plusieurs autres lieux aux enuirons de Chātilly, & que Precy mesme appartenant à Madame de Bouteuille ma Cousine, en estoit tout remply, qu'ils exerçoient sur tous les pauures païsans autant de rauages & de cruautés, que s'ils eussent esté en païs de conqueste chez des ennemis ou des rebelles; Ie leuois les yeux au Ciel, pour luy demander pardon de tant de maux & de desordres que mon malheur attiroit innocemment sur la teste de tant de pauures, qui sont retombez dans la premiere necessité, de chercher dans les Prez comme des bestes à sustenter leur vie, qu'ils trainoient moins malheureusemēt à l'ombre de ma presence, lors qu'elle n'estoit pas persecutée; Encore que ie fusse inconsolable pour le malheur de ces pauures gens, ie me fortifiois de patience & de resolutions contre les miens propres; & contre cette nouuelle persecution: Lors que ie vis entrer en ma Chambre le sieur de Vouldy, qui me fit commandement de vostre part, & à Madame la Princesse ma belle fille, de nous retirer à Bourges, à Moūron, ou à Chasteauroux, nos ennemis ayant crû nous faire vne grande grace que de nous laisser le choix libre de l'vn de ces trois lieux pour vn second bānissement. Ce fut enuiron le temps de la semaine Saincte, temps destiné à la misericorde & au pardon des plus grandes offenses, temps choisi de Dieu pour l'accorder à tous les hommes à l'arbre de la Croix; ce fut ce mesme temps là, que mes ennemis prirent pour exercer contre moy leurs plus grandes vengeances, & pour m'esloigner d'auantage des yeux & des oreilles charitables de vostre Majesté; comme si ma voix languissante & entrecoupée de soupirs, eût esté assez forte pour m'en faire entendre esloignée de 10. lieuës, ou mes pleurs capables de briser de si loin les portes du Bois de Vincennes, bien moins impenetrables que la dureté de leurs cœurs.

Ce fut alors que ie jugé que mes ennemis auoient resolu de me perdre sans ressource, & que pour ne laisser pas la

moindre piece du naufrage illustre de ma maison dans son
entier, ils vouloient me pousser hors du Royaume, par
l'apprehension qu'ils vouloient me donner, d'estre enfermée dans Chantilly par les gens de guerre comme dans
vne prison, ou d'estre menée en vne autre encore plus
estroitte, à l'exemple de Madame la Duchesse de Bouillon,
qui auoit esté conduitte à la Bastille depuis peu de jours.
Dieu me fit la grace de preuoir aussi cét artifice, & de ne
pas tomber dans le mesme piege, que la malice d'vn pareil
Ministre à celuy qui me persecute, tendit en 1631. à l'innocence, & à la simplicité de la feuë Reine Marie de Medicis
vostre belle mere, par la peur qu'il luy fit à Compiegne d'y
estre arrestée prisonniere, que ses plus confidens Conseil-
lers & Domestiques, qui estoiét les pésionaires du feu Cardinal, luy augméterét si fort à la Capele, & à tous les autres
lieux par où elle passoit, qu'ils la firent sortir hors de France auec toute la precipitation requise, pour euiter vne veritable prison. Profitant de l'exemple & des malheurs de
cette misererable Princesse qui estoient prests de tomber
dessus ma teste, si ie l'eusse imitée en sa sortie, comme ie
tache de l'imiter en sa constance au milieu des persecu-
tions, j'ay mieux aimé m'exposer au danger plus apparent que n'estoit le sien, d'estre menée prisonniere en
quelque coin du Royaume, que pour l'euiter estre reputée
criminelle, sortant hors de France sans vostre permission.
Apres auoir exhorté Madame la Princesse ma fille, & le
Duc d'Enguien mon petit fils, de s'en aller en diligence
suiuant vos ordres en mon Chasteau de Mouron, & de se
preparer de bonne heure à supporter courageusement nos
malheurs presents, & ceux qui semblent nous menacer
encore à l'auenir, si par vostre justice vous ne venez à les
détourner de dessus nous; Ie me suis disposée à faire ce
mesme voyage, si tost que la foiblesse de ma santé, altérée
par la grandeur de mes ennuis & de mon âge, m'en don-
neroient la liberté.
Ie partis donc de Chantilly la veueille de Pasques, ac-
compa-

compagnée de Madame la Duchesse de Chastillon ma Cousine, qui ne laisse pas de trouuer encore des pleurs pour la prison de ses chers parens, apres celles qu'elle verse depuis vn an pour la mort de son mary; & comme ie ressentis en moy-mesme que la nature & l'amour maternelle, m'attiroient insensiblement vers Paris, le lieu le plus prés que ie pouuois trouuer peur auoir la liberté d'approcher en quelque sorte de seureté de la prison de mes chers enfans, ie cru qu'il m'estoit permis de passer par cette grande ville, qui est le chemin le plus court & le plus ordinaire pour me rendre en Berry comme il m'estoit ordonné, & ne doutât pas que mes ennemis n'eussent assez d'industrie & de mauuaise volonté contre moy pour me faire arrester, j'ay pensé qu'il estoit à propos de m'y tenir cachée quelque temps, pour auoir loisir de sacrifier abondamment des pleurs & des soupirs à mes enfans, dont ie me voyois si proche, & non pas encore tant que j'eusse souhaitté, & afin de reprendre vn peu de force & de santé pour continuer mon voyage, & me rendre à ce nouuel exil, qui m'estoit prescrit de la part de vostre Majesté. Encore que mon malheur extresme m'eust assez deguisée, & rendu des-ja suffisamment meconnoissable à tout le monde, aussi bien qu'à moy mesme, il fallut pourtant apporter quelque changement à ma personne, & me reduire à l'habit & à la vie des plus pauures gens, comme j'en auois desia les miseres, & des infortunes mesmes encore plus grandes que les leurs.

Qu'il seroit à souhaitter, MADAME, que les Souuerains pour le bien de leur ame, & celuy de leurs peuples, goustassent pour le moins vne fois en leur vie, comme j'ay fait pendant quelques jours, la fortune & la condition des plus pauures de leurs sujets, ils en auroient certainement plus de compassion qu'ils n'ont pas, & se porteroient plus volontairement à les soulager, bien loin de les opprimer comme ils font la pluspart du temps: Pendant les huict ou dix jours que ie fus cachée, ie me retiray

C

tout exprés en vn des quartiers de la Ville, d'où ie peuſ-
ſe auoir commodément la veuë du Bois de Vincennes,
vers lequel jettant à tout moment les yeux du haut d'vn
galetas, qui me ſeruoit de chambre, & decouurant cette
multitude de Tours & de pierres, qui enferment impitoya-
blement mes chers enfans, & celuy-là meſme qui en a
tant renuerſé d'autres, & de bien plus fortes, plus pour
voſtre gloire que pour la ſienne, j'apperceu, à mon grand
regret, qu'il eſtoit pourtant preſque impoſſible que ce fa-
meux renuerſeur de murailles peuſt abatre celles qui le
detiennent, & s'y faire vne glorieuſe breſche pour luy &
les deux autres compagnons de ſon mal-heureux ſort,
tant que mes ennemis, dont le cœur eſt plus dur que les
pierres meſmes, & que les murailles qui l'enuironnent,
ſe ſeruiroient injuſtement de voſtre authorité pour les defendre & les garder.

A cette funeſte penſée, MADAME, ie fondis en
pleurs, & peu de temps aprés ce redoublement de ma
douleur, ie me ſentis tout d'vn coup heureuſement ſou-
lagée par vne ſecrette inſpiration, qui me vint ce me ſem-
ble de la part de Dieu, à qui j'ay toûjours recours dans
toutes mes afflictions, de preſenter à Meſſieurs du Parlement mes pleurs & mes gemiſſemens par vne Requeſte,
à l'exemple des moindres perſonnes de voſtre Royaume,
puis que mon malheur m'en mettoit du nombre, & que
j'eſtois ſi miſerable que de n'auoir pas la liberté de vous
aborder pour la preſenter à vous meſme, qui eſt toute en-
uironnée de mes ennemis plus aſſiduëment que vous ne
l'eſtes de vos propres gardes. Ayant donc ſi precipitâment
dreſſé moy-meſme vne Requeſte, qui concluoit en peu de
mots (ma douleur ne me permettant pas d'auantage) à la
ſeureté de ma perſonne dans la ville de Paris, & à la juſtification de mes enfans & de mon Gendre, contre la violén-
ce & les calomnies du Cardinal Mazarin. Le Mercredy 27.
d'Auril ſur les cinq heures du matin, ie me rendis au Palais à pied, ſuiuie ſeulement d'vne de mes femmes de

Chambre, comme la plus simple folliciteufe, & ayant rencontré Monfieur des Landes Payen Confeiller en la grande Chambre, ie luy prefentay mes pleurs & ma Requefte
qu'il prit de mes mains, comme il auroit fait des mains
d'vne autre femme, fans autre confideration que de la juftice & de fa confcience & du deuoir de fa Charge. Il en
fit auffi-toft le rapport à Meffieurs des trois Chambres, &
fut fur l'heure deputé auec Monfieur Menardeau vers
Monfieur le Duc d'Orleans, & cependant il fut ordonné
que ie ferois mife en la fauuegarde du Roy & de la Cour
dans l'enclos du Palais, chez Monfieur de la Grange,
ou de peur de me rendre fufpecte & de faire croire que
j'attendois ma protection d'autre part que de la juftice, ie
ne voulus receuoir aucune vifite, que celle de mes plus
proches parens, encore qu'il fe prefentaft à la porte de ce
logis vne infinité de perfonnes de condition qui ne crai-
gnoient point (comme c'eft pourtant l'ordinaire) d'approcher d'vne perfonne frappée de la foudre & de la co-
lere d'vn premier Miniftre paffionné, & qui vouloient encore rendre quelque hommage d'honneur & de bien veil-
lance, à celle qui n'auoit plus rien de confiderable en fa
perfonne & celle de fes enfans, que d'eftre injuftement
perfecutée au milieu de fon pays, & dans la capitalle du
Royaume, par vn chetif eftranger, condamné par Arreft du
Parlement, autant que par la haine vniuerfelle de tout le
monde.

Le Ieudy & le Vendredy 28. & 29. d'Auril, ie n'eus point
d'autre occupation que de pleurer aux pieds de la Cour, &
d'aller par toutes les Chambres demãder feureté pour ma
perfonne en la ville de Paris, contre les violences du Cardinal Mazarin, & la liberté de pourfuiure la juftificatiõ de
mes enfans, faits prifonniers contre toutes les formes, &
detenus encore plus injuftement depuis trois mois.

Ie priay ces Meffieurs qui font les Souuerains Difpenfa-
teurs de la juftice, que le Roy doit à fon peuple, de faire
executer la Declaration du mois d'Octobre 1648. que vous

aués eu la bonté d'accorder à tous vos fujets de quelque qualité qu'ils puiffent eftre, comme vn remede tres puif-fant à l'auenir, contre l'oppreffion tyrannique des Mini-ftres & des fauoris dont V. M. mefme ne s'eft pas trouuée autrefois exempte, non plus que la moindre perfonne de voftre Royaume, ie les conjuray pour leur intereft, & pour celuy de toute la France, de ne pas laiffer enfraindre ou par crainte, ou par vengeance, vne loy fi neceffaire à la feureté publique, obtenuë auec tant de peine, & que l'on peut dire vne des caufes de la famine & du fiege de Paris, & de ne pas s'expofer au danger, que fi quelque jour ils demandoient en vertu de cette Declaration, la liberté de de leurs Confreres, on ne leur reprochaft qu'ils en au-roient efté les premiers violateurs en la perfonne de trois Princes, ainfi que fort prudemment, MADAME, vous leur refpondites aux barricades de Paris, vous pref-fant pour la deliurance de Meffieurs de Bruxelles & de Blancmenil, qu'autrefois ils n'auoient pas fait tant de bruit, ny les mefmes inftances pour l'emprifonnement de feu voftre Coufin Monfieur le Prince mon mary.

Ie leur reprefentay auffi qu'ils eftoient quafi les feuls en tout le Royaume qui fuffent capables de refifter à la ven-geance que le Cardinal Mazarin medite fourdement con-tre toute la France, qui a pris les armes pour le chaffer, & principalement contre eux, qui l'auoient declaré pertur-bateur du repos public, & enjoint à tout bon François de courir fus; enfin ie leur fis remarquer que ce Cardinal qu'ils auoient viuement offencé eftoit Italien de naiffan-ce, & Sicilien d'origine, & par confequent incapable de pardonner, que pouuant eftre quelque jour premier Mi-niftre du Roy voftre fils, par le mefme malheur qu'il eft maintenāt le voftre, il n'auroit que trop de puiffance pour fe reffentir de toutes les injures qu'il a receu auec juftice de tout le monde, que pour fe mieux authorifer, il auoit commencé le premier acte de fa vengeance fur Monfieur le Prince mon fils fon principal Protecteur, laquelle il luy

feroit

feroit facile d'exercer apres fur ceux qui ont efté fes op-
preffeurs; & que pour perdre plus aifément ceux de leur
Corps, qui font Frondeurs, & fes veritables ennemis, il
s'en feruiroit adroitement pour ruiner ceux qui ne le font
pas, & qui ne laiffent pas d'eftre auffi fes ennemis, puis
qu'ils font membres de cette Augufte Compagnie qui l'a
condamné; & qu'en fin il n'y auroit ny douceur ny violence, ny prefens ny menaces, ny rufe ny baffeffe, qu'il
n'employaft toft ou tard pour tirer de leurs Regiftres (où
il eft encore) cet Arreft autant jufte que folemnel qu'ils
ont rendu contre luy, & que pour ne l'auoir pas executé
Dieu pourroit permettre vn jour, qu'ils feuffent juftement
punis par celuy-là mefme qui a defia efté le meurtrier fe-
cret, de Meffieurs Gayan & de Barillon, & qui le pouuoit
eftre encore de tout le refte de leur Corps.

Apres auoir imploré, M A D A M E, la juftice de Meffieurs du Parlement, j'imploré auffi à la porte de la Grand'
Chambre la protection de Monfieur le Duc d'Orleans,
qui me receut & m'écouta tres fauorablement, foit qu'il
fe reffouuint luy-mefme d'auoir efté miferable, & fouffert
autrefois la perfecution d'vn premier Miniftre, par des
Declarations encore plus fanglantes que n'eft la Lettre
enuoyée au Parlement contre mes enfans, puis que la derniere Declaration, extorquée de la bonté du Roy, par les
artifices du feu Cardinal de Richelieu, alloit à le declarer
incapable de la Regence & de la Couronne, le cas y ef-
chant; Soit auffi que par fa bonté naturelle, que mes ennemis tâchent de corrompre tous les jours, il fe fuft laiffé
toucher à mes larmes, à mon innocence, & au malheur
de mes enfans, qui pourroit vn jour arriuer aux fiens, fi
Dieu luy en enuoyoit. Ie demandé encor l'affiftance de
Monfieur le Duc de Beaufort, luy qui l'a donné fi volontairement à tous les miferables de la ville de Paris, puis
que j'eftois de ce nombre, il me l'a promift mefme les larmes aux yeux; & parce qu'il eft genereux, & parce qu'il
fe reffouuient qu'il auoit efté luy-mefme, auffi bien que

D

moy, reduit à la demander, & à ne la pouuoir obtenir, &
d'auoir esté puny auant mes enfans, par vne prison de cinq
années, du crime d'auoir trop marchandé de perdre son
ennemy, l'ennemy commun du repos de toute l'Europe.
Ie reclame aussi la misericorde de Monsieur le Coadjutour,
qui l'a presché & qui la fait en public & en particulier à
tout le pauure peuple de Paris. En fin ie n'oubliay ny
priere ny soubmission, enuers tous ceux qui auoient la
puissance d'enteriner ma juste Requeste, & d'ordonner
que conformément à la Declaration du mois d'Octobre
1648. les trois mois passez, tous prisonniers seroient inter-
rogez, & leur procez fait suiuant les anciennes formes.

Le Parlement ayant jugé à propos qu'en attendant que
vos Majestés retournassent à Paris, ie me misse en chemin d'obeïr aux ordres que l'on m'auoit fait de vostre
part, & que pour marques de mon obeïssance j'allasse à
deux, trois ou quatre lieües de Paris sur la route de Berry;
& Monsieur le Duc d'Orleans ayant donné sa parole
à ces Messieurs que ie pourrois demeurer en toute seureté
au Bourg la Reine, mesme trois jours aprés vostre retour,
pendant lesquels il s'emploiroit en ma faueur auprés de
vous, ie m'y retiré dés le Vendredy 29. pour ne pas donner la moindre prise à mes ennemis, qui en cherchent de
tous costez, pour me rendre criminelle auprés de vostre
Majesté; & bien que j'aye quitté auec regret cette bonne
Ville, qui m'auoit receuë si charitablement, & d'où j'es-
perois tirer quelque soulagement à mes maux, & à ceux
de mes enfans, ie me suis consolée, sur l'esperance que
j'ay euë que j'en serois assez prés, pour vous faire entendre mes soupirs & mes plaintes, & pour vous prier de mettre fin à la persecution injuste que j'endure, par la cruauté de ceux qui abusent tyranniquement de vostre authorité & de vostre nom.

Le changement de lieu ne fut pas le changement de
mes miseres, mais l'augmentation de mes douleurs; comme ie prenois la hardiesse de chercher quelque consola-

tion dans l'extrémité de mes maux, & que ie me repaiſ-
ſois de ce plaiſir imaginaire, d'auoir obeï auec quelque
ſorte de ſuccez aux genereux mouuemens que la nature
m'auoit inſpirée en faueur de mes enfans, & d'auoir par
mes pleurs excité la compaſſion de mes Iuges, attendri le
cœur de quelques vns de mes ennemis, & fait verſer des
larmes ſur ma miſere à la pluſpart des bons Bourgeois de
Paris; quand à mon reueil le premier jour de May, j'ap-
pris par Madame la Ducheſſe de Chaſtillon, & puis par
le Pere Tierſault Ieſuite mon Confeſſeur, la mort de Ma-
demoiſelle de Dunois, fille de Madame de Longueuille,
decedée depuis 5. ou ſix jours à Chantilly, mort qui m'a-
uoit eſté ſagement diſſimulée, de peur que regrettant la
perte de ma petite fille, ie me rendiſſe incapable de ſolliciter auprées de mes Iuges, le ſalut & la liberté de mes
autres enfans.

Voſtre Majeſté ſçait bien, MADAME, puis qu'elle eſt mere, combien cette perte me fut ſenſible, & combien ie répandis de pleurs à la memoire d'vne innocente,
que Dieu ſans doute attiroit à luy, pour ne luy pas laiſſer
ſouffrir le reſte des maux qui nous ſont preparez : Comme ie m'enquerois des moindres particularitez de ſa maladie & de ſa mort (ainſi qu'il eſt ordinaire aux mal heureux de parler ſans ceſſe de leurs miſeres) & que ie priois
inſtamment juſques au moindre de mes gens, de me faire
venir en diligence de Chantilly le petit Comte de ſaint
Paul, vn des fils de Madame de Longueuille, comme ſi
ma veuë le pouuoit conſeruer d'vn pareil accident dont il
eſt encore menacé, l'on m'alla dire que pluſieurs gardes,
conduits par le ſieur de Bragelone, Enſeigne des Gardes
du Corps, s'eſtoient emparez, à main armée, de mon
Chaſteau de Chantilly, qui n'eſtoit defendu que du Por-
tier & de la Concierge, qu'ils y auoient exercé mil deſor-
dres, enfoncé le lambris & les planchers des Chambres
& des Cabinets, & defiguré les manteaux des cheminées,
& ceux-là meſme qui eſtoient ornez du portraict de voſtre

Majesté, tenant à ses costez le Roy & Monsieur le Duc
d'Anjou; & comme si ce n'estoit pas assez de persecuter
les viuans, sans estendre encore sa cruauté jusques sur les
morts, l'on m'adjousta que ces mesmes gardes estans en-
trez auec plus de violence & moins de respect dans la
Chapelle du Chasteau, où estoit le corps de la petite Mademoiselle de Dunois, en attendant qu'il fust apporté
aux Carmelites de Paris, lieu de ma sepulture, ils auoient
tenté plusieurs fois inhumainement d'en rompre le cer-
cueil, chassé les Prestres qui prioient auprés du corps,
esteint les flambeaux allumez tout alentour, leué les ais
de la Sacristie, profané les Autels, & fouillé jusques dans
le Tabernacle, pour satisfaire à la rage & à l'auarice du
Cardinal Mazarin, qui n'estant pas pleinement rassasiée
des tresors du Roy, du bien des Princes & des particu-
liers, voudroit encore mettre sa main sacrilegue sur le
bien de Dieu & de son Eglise.

Au recit funeste de toutes ces choses, ie m'allois tout à
fait abandonner à la tristesse, sans l'arriuée impreueuë du
sieur de Blanchefort, qui me vint apprendre que Madame
la Princesse ma belle fille, deguisée en suiuante de Madame de Touruille sa Dame d'honneur, & le Duc d'Enguien
mon petit fils, habillé en petite fille, estoient heureusement arriuez à Mouron, apres auoir couru mil dangers,
& euité la poursuitte de deux cens Caualiers, comman-
dez par le Comte de Sainct Agnan, qui sous pretexte de
chercher le Cheualier de Rhodes, les vouloit arrester prisonniers, comme s'ils eussent esté criminels d'auoir obeï
trop fidelement & trop promptement aux ordres qui nous
auoient esté apportez de vostre part; & qu'apres en auoir
esté donner aduis à Dijon à vos Majestez, & porté vne
Lettre de Madame ma belle-fille, qui vous asseuroit de
son obeïssance & de sa fidelité, vous auiez eu la bonté de
la receuoir, & de la lire aussi fauorablement, que si ce
n'eust point esté la Lettre de la femme d'vn malheureux.

Cela me fit croire, MADAME, que vous n'estiez
pas

pas si fort animée contre nous, que vostre premier Ministre tasche de vous rendre de jour en jour ; & qu'il y auoit
quelques heureux moments, ou n'estant pas si fort obse-
dée par luy-mesme, ou par ses espions ; vous pouuiez
écouter les plaintes des autres miserables de cette mesme
Famille ; j'enuoyé aussi tost le sieur de Blanchefort, pour
vous faire entendre les miennes comme il auoit fait celle
de Madame la Princesse ma belle fille ; & pour vous sup-
plier tres-humblement de m'accorder la seureté de ma
personne, que j'auois esté forcée de venir demander en
vostre absence au Parlement de Paris, contre les violences du Cardinal Mazarin.

L'enuoyé aussi le sieur de Lesbornes à Monsieur le
Duc d'Orleans, pour le faire souuenir que les trois jours
de seureté qu'il m'auoit donnez s'écouloient insensiblement, sans que personne songeast à ce que ie deuiendrois ;
& pour le conjurer de s'entremettre auprés de vostre Majesté à faire exaucer les tres humbles supplications que ie
vous faisois de n'estre pas abandonnée au pouuoir inso-
lent de mes ennemis ; Et pour toute réponse Mardy matin
3. jour de May ie receus de la bouche de Monsieur le Mareschal de l'Hospital, le commandement rigoureux de
me retirer en diligence en Berry, comme il m'auoit esté
ordonné ; Ie ne douté point, MADAME, que ces ordres si precipitez, ne feussent vn effet de l'apprehension
qu'auoit le Cardinal Mazarin, que pour euiter sa tyran-
nie, ie n'allasse implorer contre luy le secours des Frondeurs, qui depuis son retour le pressoient viuement pour
leurs interests, & ne luy laissoient que trois jours de delay
pour leur faire souffrir l'emprisonnement de mes enfans,
de donner aux vns le Gouuernement de Bretagne, & du
Chasteau de Nantes, auec l'Admirauté ; aux autres le
Chapeau de Cardinal, & cinquante mil écus de rente en
Benefices, auec le Gouuernement de l'Isle de France ; à
ceux-cy le Gouuernement d'Auuergne, & du Mont-
Olympe ; à ceux-là la charge de Capitaines des Gardes

E

du Corps de Monſieur le Duc d'Anjou; & à tous les autres de grands Benefices & de grandes ſommes d'argent,
ſans qu'il ait encore effectué aucune de ſes paroles; dont
il fait gloire d'en donner beaucoup, & de n'en tenir pas
vne.

Mais ce grand Miniſtre, donc l'ame eſt toûjours rem-
plie de vaines frayeurs, que l'enormité de ſes crimes luy
donne autant que ſon inſuffiſance, apprehendoit neantmoins auec raiſon en ce rencontre, que nonobſtant les
ordres qu'il m'auoit fait apporter de voſtre part de m'en
aller en Berry, ie ne reuiniſſe encore à Paris demander
juſtice au Parlement contre ſes oppreſſions; puis qu'en
effect, au mépris de ſes menaces, j'auois fait preſenter
la copie de ma premiere Requeſte à tous mes Iuges à l'entrée du Palais par le ſieur de Lannel, & de ſolliciter l'aſ-
ſemblée des Chambres ſur deux autres Requeſtes, dont
Monſieur des Landes eſtoit encor chargé; demandant
en l'vne, nouuelle ſeureté pour ma perſonne; & en l'autre
l'éloignement des Gardes enuoyez en ma maiſon de
Chantilly, auec reparation de tous les dommages que j'y
auois receuë, contre luy qui en eſtoit le principal autheur.

Auſſi pour m'oſter le moyen de reuenir à Paris, me rendre odieuſe à tout le monde, empeſcher que mes Iuges
ne me fiſſent droit ſur toutes mes Requeſtes, & me deſti-
tuer à preſent & à l'auenir de la protection de Meſſieurs du
Parlement, il s'auiſa, comme il ne manque point de ruſe,
de publier par tout que j'auois imploré ſon ſecours, & demandé comme vne grace de me retirer à ma maiſon de
Valery, comme ſi la demeure de Paris, pour pourſuiure
la juſtification de mes enfans, & pour me rendre denonciatrice contre tous ſes crimes, ainſi que le peuple de Paris l'eſperoit, & le ſouhaitoit, ne m'euſt pas eſté vne plus
grande grace, qu'il ne tenoit qu'à vous & au Parlement
de m'accorder.

Il dit encore tout haut dedans ſa chambre, en preſence

de plufieurs perfonnes, quelques paroles en faueur de la
liberté de mes enfans, pour me tromper, par l'efperance
d'vn bien que ie defire paſſionnément, pour me rendre
fufpecte à tous les gens de bien, & pour donner de la ja-
loufie aux Frondeurs, & leur faire apprehender, que s'ils
le preſſoient trop viuement par leurs exceſſiues deman-
des, il ne vint à deliurer Monſieur le Prince mon fils, qu'il
tient, oferay-je vous le dire, MADAME, comme vne
beſte feroce, dont il menace tous ceux qui veulent entre-
prendre de le ruiner. Cependant il m'enuoya dire auec
toutes les flateries qu'il a couſtume d'employer à ſes plus
noires trahifons, qu'il retireroit les Gardes de Chantilly,
difpoſeroit voſtre Majeſté à la deliurance de mes enfans,
& qu'il y feroit confentir Monſieur le Duc d'Orleans, qu'il
difoit eſtre la feule cauſe de leur detention, pourueu que
ie me retiraſſe en diligence à Valery, c'eſt à dire que ie
m'éloignaſſe de la ville de Paris, du Parlement, & de voſtre Majeſté, ma principale protection.

Si voſtre premier Miniſtre, MADAME, n'euſt jamais trompé perſonne, ie vous auouë que j'euſſe eſté la
premiere trompée, par ces belles efperances, dont il taſ-
choit de ſeduire l'amour d'vne mere paſſionnée; Mais ne
doutant point que ſes tromperies, affez connuës de toute
l'Europe, ne fuſſent les veritables ſources de mes malheurs, ie ne crus pas qu'il y euſt pour moy de la feureté &
de l'honneur à prendre quelque creance aux paroles d'vn
homme ſi deforié pour ſes perfidies, & que ie deuſſe luy
donner la ſatisfaction, & à moy le deplaiſir, d'eſtre moy-
meſme le funeſte inſtrument de ſes fourberies, à ma propre ruine.

Ie demeuré donc ferme au Bourg la Reine, attendant
voſtre miſericorde, & la juſtice de Meſſieurs du Parlement; mais voyant que ce Cardinal s'oppoſoit aux fauo-
rables influences de l'vn & de l'autre, qu'il m'enuoyoit de
voſtre part de nouueaux commandemens de me retirer,
& faiſoit courir des Gardes aux enuirons du lieu où j'e-

ftois, pour m'en faire fortir, que mes Iuges, violentez
par fes menaces, & par fes artifices, auoient laiffé paffer
les jours qui m'eftoient donnez pour ma feureté, & deux
jours au delà fans eftre affemblez ; & connoiffant le danger ou j'eftois, d'eftre enleuée par force en quelque fecret-
te prifon, d'ou j'euffe en vain reclamé leur protection, ie
fus contrainte d'accepter comme vn veritable exil ma
maifon de Valery, que l'on m'auoit propofé, fous le nom
de voftre Majefté ; & ie priay Monfieur le Prefident de
Nefmond de témoigner à Meffieurs du Parlement, les ref-
fentimens que j'auois de leur bonne volonté, le befoin
que j'auois encore à cette heure plus que jamais de leur
protection, la difficulté qu'il y auoit que ie vinffe follici-
ter en perfonne le fecours de la Iuftice, & la neceffité deplorable ou ie me voyois reduite d'aller à Valery, de peur
d'eftre cruellement trainée ailleurs, & de receuoir encore
vn plus mauuais traittement d'vn ennemy, de qui ie dois
attendre les dernieres extrefmitez.

En effect dés le Vendredy au foir 6. May, ne donnant
point de relafche à fa paffion, ny de repos à ceux qui font
les plus zelez Miniftres de fa vengeance, il me fit commandement d'aller à Chilly, eftant desja toute prefte au
Bourg la Reine de me repofer ; & de peur que ie ne remiffe
mon voyage au lendemain, ou jufques à ce qu'il m'euft
enuoyé l'ordre qu'il m'auoit fait efperer pour faire fortir
les Gardes de Chantilly, il fit paroiftre exprés dans la
campagne plufieurs Caualiers, pour me contraindre de
partir fans aucun retardement, & de m'expofer à la nuit,
fans autre neceffité, que de fatisfaire la paffion qu'il a de
perfecuter la mere auffi bien que tous fes enfans.

Ie me mis donc, MADAME, au milieu des tene-
bres fur la route de Chilly, ou la Concierge m'ayant refu-
fé l'entrée, jugeant peut-eftre que cette maifon eftoit
trop belle pour vne miferable Princeffe comme ie fuis,
j'allay loger chez Madame de Sainct Loup, ou (quelque
inftance que l'Abbé d'Effiat me fit le lendemain de la part
                                                        de

de Madame la Mareschale sa mere de venir au Chasteau)
j'ay resolu de demeurer, sous le bon plaisir de vostre Majesté, tant parce que cette maison est plus seante à mon infortune, que la Dame à qui elle appartient est de mes meil-
leures amies, & d'vne naissance assez illustre pour n'apprehender pas, ainsi que font plusieurs, la disgrace ou la
haine d'vn Ministre qui ne pardonne point.

C'est en ce lieu, MADAME, où jouïssant du triste
repos de quelques jours que le Cardinal Mazarin me donne, ou pour mieux dire a choisi pour inuenter contre moy
quelque nouuelle persecution, j'ay pris la liberté de vous
informer de toute ma conduite, & de vous rendre compte
de tous les momens que j'ay passez, depuis celuy que j'ay
esté éloignée de l'honneur de vos bonnes graces; & que
les personnes les plus cheres que j'eusse au monde, m'ont
esté cruellement enleuées de deuant mes yeux, & d'entre
mes bras.

C'est de ce mesme lieu, MADAME, d'où craignant
auec juste raison d'estre arrachée à toute heure auec la
mesme violence que j'ay esté forcée d'y venir, ie vous
adresse mes plaintes & mes soûpirs, ne sçachant pas s'ils
ne seront point les derniers, si à la fin ie ne succomberay
point à la douleur; & si mes ennemis pour se deliurer de
l'importunité de ma veuë & de mes cris, qui attirent sur
eux l'ire de Dieu, & la haine des peuples, ne me traisne-
ront point dans l'obscurité de quelque prison, où ie n'au-
ray la liberté de me plaindre qu'à Dieu seul. Que sçay je
si à l'heure mesme que j'ay l'honneur de vous écrire ces
tristes mots, les executeurs insolens de la rage du Cardinal Mazarin ne sont point à la porte de mon logis, pour
m'en arracher & m'oster l'vnique consolation qui me reste
de vous parler peut-estre pour la derniere fois, en faueur
de mes pauures enfans.

Mais que vous puis je dire, MADAME, qui soit capable de vous toucher? Vous diray-je qu'ils sont innocens,
la qualité de mere me rendroit suspecte, & trahiroit la

F

bonté de leur caufe, & tout ce que l'amour maternelle pourroit me fuggerer en cette rencontre pour leur deffen-fe, ne peut rien adjoufter ce me femble aux puiffantes ref-ponfes, que d'abord on a faites aux calomnies de la Lettre écrite fous le nom du Roy au Parlement de Paris, ny de-ftruire plus efficacement les impoftures dont on s'eft effor-cé de noircir leur vertu, que les raifons perfuafiues que le Factum prefenté à Meffieurs du Parlement emploie auec verité pour les juftifier

Vous diray-je, MADAME, qu'ils font malheureux. Si V. M. n'auoit elle mefme autrefois éprouué de tres fen-fibles malheurs & des miferes, au delà d'vne perfonne de condition: Si elle n'auoit point efté perfecutée jufques dans les Clôiftres & au pied des Autels, par vn Cardinal enuieux de fa vertu; Et fi elle n'auoit pas efté traittée au Val de Grace comme criminelle d'Eftat, & interrogée par Monfieur le Chancelier, auec tous les mefpris que l'on peut faire à vne grande Reyne, & à la femme d'vn Roy; j'apprehenderois qu'au milieu des grandeurs & des prof-peritez ou vous eftes à prefent, vous n'euffiez pas affez de tendreffe pour me plaindre, & pour foulager les malheurs & les miferes de mes enfans.

Quel malheur n'eft ce point à Monfieur le Prince, d'eftre lâchement trahi, par la perfonne du monde qui luy eftoit la plus obligée, d'eftre injuftement arrefté prifonnier par l'autorité de voftre Regence qu'il a fouftenu dans fon pen-chant, & de n'eftre reputé Criminel, que par ce qu'il con-feruoit la France, que le C. Mazarin perd tous les jours. Quel malheur d'auoir attiré fur luy la haine de tout le Royaume, pour ne pas perdre l'honneur de voftre amitié, en facrifiant voftre premier Miniftre à la fureur des Bour-geois de Paris, de n'auoir pour recompenfe de quatre batailles rangées, de tant de villes & de places fortes, que le Donjon du Bois de Vincennes, où il eft contraint d'o-beïr feruilement au Sieur de Bar, auquel il a tant de fois commandé auec tant de ciuilité,

Et quel malheur ne luy est-ce point de voir escouler tant de beaux jours, & vne si belle Campagne sans se signaler par quelque grande victoire, ou par la prise de quelque place, d'auoir les mains liées dans vn temps ou la France en a tant de besoin, contre ses ennemis qui la rauagent de tous costez, & de ne pouuoir plus par ses sages conseils, & par la terreur de son nom procurer le bien de la paix, que tout le monde desire aussi passionnement que la juste punition du Cardinal Mazarin; qui en empesche encore à present la conclusion.

Mais quel malheur, MADAME, n'est-ce point au Prince de Conty, de se voir injustement detenu prisonnier, non tant par ce qu'il sçauoit comme on luy reproche les desseins de son frere, ce qui n'est encore qu'vn tres foible pretexte, que par ce qu'il a esté le Generalissime du Parlement, & de la ville de Paris, c'est à dire le Conseruateur de toute la France, que le Cardinal Mazarin vouloit sacrifier à sa passion, & aux interests d'Espagne qu'il a toûjours eu en singuliere recommandation.

Quel malheur n'est-ce point à ce jeune Prince de trouuer si peu d'amour dans l'esprit des peuples qu'il a protegés, & si peu de reconnoissance dans le Parlement qu'il a tiré de l'oppression que pas vn n'a pas daigné de vous faire encore la moindre remonstrance en sa faueur, qu'on n'auroit pas manqué de vous faire pour le moindre de cét auguste Corps, dont il est vne des plus illustres parties: Quel malheur que dans Paris l'on ait soupçonné la sincerité de ses seruices & de son affection, de trahison & de secrette intelligence auec son frere & le Cardinal Mazarin; comme si d'auoir empesché par sa prudence que l'armée de l'Archiduc ne fust contraire au bien des Parisiens, que le sieur de Vautort estoit allé de vostre part solliciter à Bruxelles contre leur ruine, n'estoit pas vn témoignage irreprochable de son zele au bien de la France, & de sa fidelité aux interests du peuple & du Parlement, qu'il estoit venu si genereusement deffendre de l'oppression tyrannique

d'vn Ministre estranger, qui fut le seul autheur du fatal
siege de Paris, comme Monsieur le Duc d'Orleans & Monsieur le Prince, par la complaisance qu'ils auoient à vos
souueraines volontez, en ont esté les funestes instru-
mens. En fin quel malheur n'est ce point au Prince de
Conty de passer dans l'horreur d'vne prison les plus belles
années de sa vie, qui est consacrée à Dieu, & à la conduite
d'vne infinité d'ames Religieuses, dont il est le General.

Quel malheur, MADAME, n'est-ce point aussi à
Monsieur de Longueuille, apres auoir trauaillé si vti-
lement à Munstrer pendant quatre années pour donner la
paix à la France & à toute l'Europe, de se voir injuste-
mét detenu captif par le Cardinal Mazarin, qui sans doute auoit peur qu'il ne luy reprochast hautement son crime,
d'auoir empesché qu'il ne signast la paix glorieuse que
nos ennemis nous offroient, & qu'il ne vint à le pour-
suiure encore comme il faisoit, pendant qu'il estoit en liberté, de ne s'oposer pas d'auantage au repos des peuples, & à la reconciliation de tant de nations qui se de-
chirent miserablement depuis tant d'années, pour l'interest & pour la passion de trois ou quatre malicieux Mi-
nistres, entrelesquels il tient le premier rang.

Enfin quel malheur n'est-ce point à la Duchesse de
Longueuille, d'estre forcée par les armes mesmes du Roy
de quitter son païs, d'abandonner ses enfans & sa mere,
& d'estre reduitte à implorer la protection des estrangers
qui ne l'ont point consideree comme la sœur d'vn Duc
d'Anguien, & d'vn Prince de Condé leur vainqueur mais
comme la sœur affligée d'vn Prince tres malheureux.

Que vous diray je dauantage, MADAME, en faueur de mes enfans, vous diray je encore, qu'ils sont miserables & dignes de vostre compassion. Vous diray je
que le Prince de Condé est miserable, qu'il est la plus
part du temps sans auoir le moindre Valet pour le seruir,
qu'il est contraint de souffrir toutes les incómodités de la
lógue maladie, & de son frere, & du Chirurgien que l'on a

donné

donné au Prince de Conty pour le fecourir, qu'il eft forcé de fupporter fans ofer dire mot, les faletez & la puanteur des gardes qui font jufques au pied de fon lit, la Chãbre où il eft enfermé rigoureufement auec fon frere fans pouuoir prendre l'air, ou à fes feneftres, ou fur la terraffe, ce qui ne fe refufa jamais qu'à eux, eftant à vray dire plûtoft vn veritable Hofpital, que la Chambre de deux Princes du Sang qui ont fi bien feruy l'Eftat.

Enfin qu'il eft violenté s'il ne veut fe laiffer mourir comme on defire, de prendre le pain qu'il paye de fes deniers, (ce qui eft inoüy) de la main des Officiers & des Creatures d'vn ennemy, que l'on accufe d'auoir empoifonné Monfieur le Prefident Barillon, & qui eft conuaincu d'auoir voulu faire mourir par toutes fortes de voyes le Duc de Beaufort, & d'auoir dit hautement qu'il falloit faire moürir Monfieur le Coadjuteur.

Apres cela, vous diray-je, MADAME, que le Prince de Conty eft miferable, qui, logé qu'il eft auec fon frere, partageant auec luy les mefmes miferes de leur prifon, fouffre encore celle que de l'infirmité de fon corps, luy apporte naturellement, & fe voit tous les jours en vn continuel danger de mourir, par la difficulté qu'il a de refpirer en vn lieu fi refferré. Quel'air & le Soleil y font quafi autant prifonniers que luy-mefme, & ont autant de peine d'en fortir comme d'y entrer.

C'eft en cét endroit, MADAME, que ie ne puis retenir l'abondance de mes pleurs, & la violence de mes cris, & qu'il faut que ie conjure à deux genoux voftre Majefté, par tout ce qu'elle a de plus precieux au monde par voftre facrée perfonne, par la fanté de vos chers enfans, & par le corps adorable de Iefus-Chrift que vous mangez fi fouuent au pied de fes Autels, de donner au pluftoft la liberté à Monfieur le Prince, au Duc de Longueuille, & principalement au Prince de Conty mon fils, languiffant au lit depuis quatre mois, & de ne permettre pas que la mort enleue à voftre mifericorde, celuy qui par

G

ſon innocence doit eſtre à coquert de voſtre juſtice & de
voſtre ſeuerité par la propre confeſſion de ſes ennemis.
Les apprehenſions que j'ay qu'il ne meure bien toſt, ſont
ie l'auoüe, des apprehenſions d'vne mere paſſionnée, qui
ne ſont pas pour cela moins juſtes, le ſieur Guenaut, à qui
vous auez donné pouuoir de le viſiter en ſa maladie, & à
qui vous auez des-ja fait l'honneur d'adjouſter quelque
creance depuis la gueriſon du Roy & de Monſieur le Duc
d'Anjou, où il trauailla ſi heureuſement auec ſes autres
Medecins, vous pourra dire que mes frayeurs ne ſont que
trop bien fondées, le ſieur Vautier meſme, ſi vous luy permettez de l'aller voir vous confirmera la meſme choſe, &
tous deux enſemble, & tout autant que vous y en enuoi-
rez, vous certifiront en leur conſcience que les maux du
Prince de Conty ſont incurables dans le Bois de Vincennes, que vous ſeule le pouuez guerir, que ſa liberté qui ne
dépend que de vous, eſt tout le remede qu'on y peut apporter, & qu'il eſt impoſſible qu'il viue encore vn mois
dans l'horreur d'vne priſon, puis qu'à peine pouuoit il viure eſtant libre dans la plus agreable de ſes maiſons.

Vous diray-je encore apres cela, MADAME, que le
Duc de Longueuille eſt miſerable, & qui en peut douter
de ſçauoir les miſeres de ſes deux beauxfreres, & de ſouffrir en meſme temps les douleurs de la goutte; la mort
de ſes enfans, l'abſence de ſa femme, les maux de la vieil-
leſſe, les ennuis & les peines d'vne ſi eſtroitte priſon; Enfin diray-je à V. M. que la Ducheſſe de Longueuille eſt
miſerable, & comment elle ne le ſeroit-elle pas, puis que
ſon mary ſes enfans, ſes freres, ſes parens & ſa mere ſouf-
frent vne furieuſe perſecution, puis qu'elle n'a pû trouuer
en France vne ſeule maiſon pour y pleurer en ſeureté, &
que ſous pretexte d'eſtre allée par force hors du Royaume
en chercher quelqu'vne, elle eſt depuis trois jours decla-
rée Criminelle, par des Declarations ſanglantes enuoyez
contre elle au Parlement; ſur leſquelles on n'a pas ſeulement permis de deliberer ny d'aſſembler toutes les

Chambres, comme sa qualité de Princesse du Sang le re-
queroit.

Tous nos malheurs, MADAME, & toutes nos miseres nous semblent d'autant plus insupportables que V.
M. ne sçait pas quelle est la malice de celuy qui nous les
fait souffrir, & qu'apres tant de plaintes & de remonstrances, tant d'escris & de volumes de sa conduitte criminelle, vous estes la seule au milieu de Paris, qui ne con-
noissés pas les perfidies de vostre Ministre, qui fait tant de
mal à la France, & qui en fait encore plus à vous mesme
que ie ne puis vous representer. Sans vous parler de ses crimes passez qui sont en trop grand nombre, & que vous
auez mieux apris de la desolation des Prouinces d'où vous
venez, que de ce que ie pourrois vous en dire dans vne
Lettre encore plus ample que celle-cy que ie vous écris.
Permettez moy, MADAME, que ie vous entretienne
des crimes qu'il trame tous les jours, pour acheuer de perdre le Royaume comme il a commencé, & de se faire haïr
dans les siecles futurs de tous les François, puis qu'il n'a
aucune des qualitez recômandables pour s'en faire aimer.
Il ne s'est pas contenté d'empescher que le Duc de Longueuille & Monsieur Dauaux ne signassent vne paix tres-
auantageuse à la France, par les deffenses artificieuses
qu'il leurs en fit faire de la part du Roy, par Monsieur de
Seruient; il trauaille encore plus que jamais par ses intri-
gues, & par les broüilleries qu'il excite dans l'Estat, à ruï-
ner toutes les dispositions, dans lesquelles la Couronne
d'Espagne est encore de la conclure à nostre auantage, &
pour leurer les Peuples, par l'esperance d'vn bien qu'ils attendent auec impatience depuis tant d'années, & leur ca-
cher adroitement la pernicieuse volonté qu'il a de les entretenir dans vne guerre eternelle, pour rendre son ministere & sa fatale personne necessaire, ou pour d'autres con-
siderations que tout le monde ne sçait pas, & qu'il n'est
pas permis de publier. Il fait tenir à Nuremberg depuis
plus d'vn an le sieur de Vautort, sous pretexte de nego-

rier la paix auec les Plenipotentiaires des autres Princes,
& retient encore depuis six mois, auec aussi peu de succez
le Sieur Contarin Ambassadeur extraordinaire, que la
Republique de Venise enuoyoit, comme mediatrice de
tous les differends qui sont entre les Couronnes, & pour
luy faire croire qu'à toute heure il luy sera donné son Au-
diance de congé, & les articles de dernieres prepositions
de paix pour les porter, puis apres en Espagne, il la fait
encore seiuir par ses propres Officiers à la Villette à vne
lieuë de Paris, longueurs qui ont obligé cette Republique de le reuoquer depuis quelques jours, pour l'enuoyer
à Lubec, où il aura plustost conclu la paix entre la Polo-
gne & la Suede, qui n'est pas encore commencée, que celle qui traine depuis tant d'années, par la malice de ce Ministre, entre la France & l'Espagne.

Apres auoir fait perdre au Roy vostre fils ses plus fidels
aliés, en leur manquant de parole, & refusant de conclure
vne paix auantageuse au bien de tous, & obligé les Sue-
dois, les Princes Confederez d'Allemagne, & les Holandois, à auoir plus d'auersion pour les interests de la Couronne qu'ils n'auoient auparauant d'affection, apres auoir
contraint le Duc de Mantoüe, de s'allier honorablement
à la maison d'Austriche, n'ayant pû le reduire, en luy de-
niant la protection de France, à demander honteusement
vne de ces Niepces en mariage, par l'esperance qu'il luy
donnoit de luy remettre Casal, & les autres bonnes places que le Roy tient en Italie. apres auoir abandonné le
Duc de Modene, qui s'estoit si genereusement declaré
pour la liberté de l'Italie, & pour la gloire des François,
l'auoir exposé à la honte de leuer le siege de Cremone,
dont il empescha la prise, par la deffense secrette qu'il faisoit aux Chefs de l'armée de France, ses creatures, de ne
seconder que foiblement le courage de ce Duc, & l'auoir
en fin forcé par faute de secours, d'hommes & d'argent.
de receuoir la loy, par vn accommodement honteux, du
Gouuerneur de Milan, qui estoit entré desja au milieu de

ses

fes Eftats, apres auoir engagé le Duc de Parme à foufte-
nir les frais d vne guerre, & à refufer le payement que la
Chambre Apoftolique luy demandoit, l'auoir reduit à implorer l'affiftance d'Efpagne, pour rentrer en fon Duché
de Caftro, que le S. Siege luy auoit confifqué, & l'auoir
par ce moyen violenté d'abandonner les interefts de la
France, aufquels fes anceftres auoient toûjours efté fi fort
attachez. Apres auoir voulu tant de fois porter la France
à declarer la guerre au Pape, à ne pas reconnoiftre fon
élection qu'il auoit trauerfé fans autre fujct, que par la
peur qu'il auoit d'auoir pour fouuerain Iuge, celuy dont il
auoit fait affaffiner le neueu, & à fufciter dans l'Eglife vn
fchifme, qui certainement euft arriué fans les genereufes
refiftances que luy fit feu Monfieur le Prince mon mary,
apres auoir en mil autres rencontres, pour fa paffion, &
pour le Chapeau de Frere Michel Iacobin fon frere, pro-
uoqué le jufte courroux de fa Sainéteté fur ce Royaume, &
tâché de la rendre plus fauorable à l'Efpagne; bien que
fon affection fuft toûjours égale enuers tous, apres auoir
ofté à la France la conqueſte du Royaume de Naples, parce que les Napolitains demandoient pour leur Roy quelque Prince du Sang de France, & méprifoient le Cardinal
de Sainéte Cecile fon frere, qu'il leur offroit pour Viceroy en la place de Monfieur de Guife qu'ils auoient choi-
fi pour leur Duc ; enfin apres auoir caufé mil autres maux
à cette Couronne, qu'il feroit impoffible, MADAME,
de vous raconter, ce Miniftre fi zelé pour le bien du Roy
voftre fils, & pour la gloire de voftre Regence, veut encore par les Pirateries qu'il fait faire à fon profit fur les
mers Méditeranée & Occane, dôt il eft le Sur-Intendant,
en effet comme voftre Majefté l'eft de nom, obliger les
Genois, le grand Duc de Tofcane, les Anglois, ceux de
Hambourg & des autres villes Anfeatiques d'Alemagne,
& tous les autres Princes ou Republiques de l'Europe, qui
gardoient à la France vne neutralité inuiolable, à deuenir
fes plus grands & plus irreconciliables ennemis, comme

H

si le Royaume n'en auoit pas assez à combattre de tous cô-
ſtez par tout où le nom de la France cômence d'eſtre hay à
cauſe de celuy de Mazarin, il s'eſt encôre auiſé depuis
quelques jours, à luy ſuſciter la haine du grand Seigneur,
par la priſe que le Cheualier Paul a fait d'vn vaiſſeau des
Armeniens, qui nauigeoient ſous ſa baniere, & veut ſans
doute par cette rupture & par le meſpris qu'il fait faire de
ſes eſtendars, l'obliger à rompre auec la France, à meſ-
priſer l'ancienne alliance qu'il a auec elle, & à la donner à
ſon prejudice à l'Eſpagne, qui la demande par vn Ambaſ-
ſadeur qu'elle tient pour la premiere fois à la porte, où le
viſage des Eſpagnols n'eſtoit point encore connu. Ces
Ces Armeniens, MADAME, de qui l'on a pris le
vaiſſeau contre le droit des alliez, ſont ces pauures gens
que Paris voit tous les jours auec pitié, reduits à la derniere miſere, & à ne pouuoir quaſi pas demander l'aumoſ-
ne, ny faire entendre que par leurs cris & leurs pleurs le
vol qu'il leur a eſté fait, ny demander la reſtitution de plus
de trois millions en ſoyo & en pierrerie, que de Cardinal
Mazarin a confiſqué à luy-meſme, comme s'il eſtoit le
Souuerain, n'ayant ſeulement pas voulu permettre non
plus que le ſieur d'Emery, qui eſt auſſi peu charitable que
luy, qu'on donnaſt pour viure à ces pauures Marchands
ruinez, les trois mil liures que voſtre Majeſté touchée de
leur miſere leur auoit ordonné.

Si ce Cardinal n'eſpargne pas les eſtrangers, il n'a garde de pardonner aux François, il eſt ſi fort accouſtumé de
les piller ſur terre, qu'il veut encore les piller ſur la mer,
il ne peuſt s'empeſcher il y a quelque temps, de prendre
trois de leurs vaiſſeaux chargez de riches marchandiſes,
que voſtre Majeſté, à la priere de Monſieur le Prince mon
fils, eut la bonté de faire rendre aux Marchands de Paris
à qui elles appartenoient, lors qu'ils vinrent au Palais
Royal ſe jetter à vos pieds pour vous en demander la reſtitution. Comme il aime à voler, il laiſſe impunément
voler les autres, & il ne faut pas eſperer qu'il employe le

credit de son Ministere, à faire rendre à des Marchands
François trois vaisseaux que les Anglois ont depuis peu
mené à Londres par droit de represailles, & pour se re-
compenser de la perte de ceux que leurs prennent tous les
jours les Corsaires de Plombino & de Portolongone sa
pretendue Souueraineté.

Ce premier Ministre, MADAME, ne sert pas plus vti-
lement vostre Majesté au dedans du Royaume, il excite
des brouilleries dans toutes les Prouinces, sous pretexte
de les calmer : Il y enuoye des gens de guerre, au lieu de
les tenir sur la frontiere où l'ennemy est prest d'entrer de
tous c. Et bien loin d'employer au seruice du Roy les
principaux Seigneurs du Royaume, il s'occupe à les pour-
suiure comme des rebelles, par ce qu'ils sont amis de mes
enfans dans leur misere.

Il tasche de souleuer le Languedoc, en ruinant les meil-
leures familles, par le vol qu'il leur fait tous les jours de
leurs barques chargez de bled qu'ils enuoyent à Genes, à
Rome, & autres païs neutres par permission du Roy, à qui
la Prouince ne pourroit pas sans ce trafic payer tous ses
droits, qui sont plus grands qu'en aucune autre du Royaume; & quand le sieur le Sec & les autres Deputez en vien-
nent faire leurs plaintes au Cardinal, ou il ne les escoute
pas, ou il leur dit en les gourmandant, qu'il faut que les
Galeres & les armées du Roy subsistent, obligeant par ce
moyen tous ces peuples, qui sont tout à fait ruinez par de
si grandes pertes, à se reuolter & à se joindre par desespoir
aux ennemis ou aux mescontens de Guiene & de Prouence, qui sont deux grandes Prouinces; lesquelles venant à
estre vnies d'interest comme elles le sont des-ja par leur
situation auec celle de Languedoc, pourroient toutes trois
ensemble establir vne puissance plus redoutable que celle
des Holandois. Dieu preserue la France de ce malheur,
MADAME, aussi bien que d'vne plus longue conti-
nuation du Ministere du Cardinal, qui attirera ancor bien
d'autres maux sur ce Royaume, si V. M. n'y met ordre
en la

auant que le mal foit incurrable, comme il le deuient de
jour en jour.

Il entretient adroitement les mecontens de Prouence,
il efcoute leurs plaintes, auec vne feinte compaffion, &
tandis qu'il donne ord e au Comte d'Alais de la part du
Roy d'aller à Marfeille eftablir des Confuls, contre l'ancienne liberté que les Bourgeois ont d'en choifir, il fait
fous main par l'artifice de fes creatures, fouleuer auffi-toft
cette ville contre ce Goüuernenr quand il y veut entrer,
& fait tuer jufques à fon Capitaine des Gardes, pour l'o-
bliger au reffentiment, & à recommencer la güerre, puis
il flatte les Deputez qui le vont trouuer à Dijon, jette la
faute de tout le mal fur le Comte d'Alais, il leur dit qu'il
n'auoit point ordre du Roy de les troubler en la poffeffion
qu'ils ont defiré leurs Confuls, il confirme les anciens
priuileges, ainfi en mil autres rencontres, il tâche à reuolter cette Prouince contre fon Gouuerneur, pour l'en
chaffer, à caufe qu'il eft Coufin germain de Monfieur le
Prince, s'en emparer luy mefme, comme eftant voifine de
l Italie, ou en tout cas y faire entrer l'Efpagnol ou le Turc.

Il trauaille encore auec les mefmes artifices, & peut-
eftre auec les mefmes fins, à jetter le trouble dedans la
Guienne, ou comme il a toûjours apuyé les violences du
Duc d'Efpernon il le foilicite encore aujourd'huy de les
continuer auec plus de chaleur, & à fe reffentir de l'affront
qu'il pretend auoir receu des Bourdelois, de ne les auoir
pas tout a fait ruinez comme il efperoit, il force par ce
moyen la Prouince à prendre les armes pour fe deffendre,
les villes à fe cantonner, la Nobleffe à s'affembler, les Hu-
guenots mefme à murmurer, qu'ils ne font pas efpargnez,
Meffieurs de la Force à fe venger des gens de guerre que
l'on enuoye pour les ruiner dans leur terre, enfin le Parlement de Bourdeaux à fe plaindre, & à commander noû-
uellement à fes Deputez, à peine d'eftre interdits de leurs
Charges, de faire toutes fortes d'inftances auprés de voftre Majefté, pour auoir vn autre Gouuerneur, fans doute

afin

afin d'obliger le Duc d'Espernon, accablé tout d'vn coup
d'vn si puissant nombre d'ennemis, de recourir aussitost à
son alliance qu'à sa protection ; & de sacrifier honteusement le Duc de Candale son fils à Martinozzi sa
Niepce, à laquelle il offre de donner pour dot le Duché &
le Gouuernement de Guyenne, où il promet de le rendre
paisible & victorieux de tous les ennemis de son pere, par
la force d'vne armée, & par la presence du Roy, qu'il fait
estat d'y mener au pluftost auec voftre Majesté du consen-
tement mesme de son A. R. qu'il tâche de gaigner, sans
considerer qui defendra les frontieres ouuertes à tous
les estrangers, auec lesquels il est visible, MADAME,
par toutes les remarques que ie viens de vous faire, qu'il
s'entend fort bien, & qui veut partager auec eux le Royaume, qui est malheureusement abandonné autant à son
ambition qu'à son auarice.

Mais il ne gouuerne pas mieux les Finances du Roy que
les Prouinces, au lieu de les employer aux principalles ne-
cessités de l'Estat, il les fait conduire en Italie, pour ache-
ter des Palais, & jetter les fondemens des Souuerainetez
qu'il medite. Au lieu d'en payer les gens de guerre qui pil-
lent impunement par tout où ils passent, & de satisfaire les
Suisses qui demandent à toute heure leur congé faute
d'argent, il en paye ses Gardes auec lesquels il marche
par les ruës, auec plus de pompe que vos Majestés, comme s'il estoit Souuerain, luy qui autrefois auoit à peine vn
Valet pour le seruir : Au lieu d'en fournir pour la table du
Roy & pour la voftre, qui renuersent si souuent, & pour
les appointemens des pauures Officiers de vos maisons qui
meurent de faim, il les dissipe au luxe & à la magnifi-
cence de la sienne, aux gages de ses Valets, aux pensions de
ses creatures, aux habits & aux ameublemens superbes de
ses Niepces & de son Neueu. Au lieu d'en donner à voftre
Majesté, pour baftir des ouurages de pieté ou d'ornement
à Paris, à l'exemple de la feuë Reyne Mere, pour le moins
pour acheuer l'Eglise du Val de Grace, que vous auez com-

I

mencée, il les met à esleuer des superbes Escuries à ses
Cheuaux, qui sont à la honte de la nation Françoise
mieux logez que ne sont beaucoup de Gentilhommes,
dans le Royaume, & qu'il n'estoit luy mesme à Rome, ny
pas vn de toute sa noble race: Au lieu de vous en espargner
dequoy vous faire vn fond pour vos necessitez presentes,
& pour celles qui pourront vous arriuer, n'en estant pas
exempte non plus que fut la feu Reyne vostre belle Mere,
il les espargne auec beaucoup d'auarice, pour en faire vn
de bonne heure pour luy mesme, où ie m'asseure que vostre Majesté n'aura jamais guere de part: Enfin au lieu de
ne vous laisser jamais manquer d'argent, & ne vous reduire point comme il a fait quelquefois, d'emprunter des
sommes considerables, à des gens qui presentement n'en
sont pas pour cela traittez plus fauorablement, cét auare
feint adroitement qu'il en a besoin luy mesme, & pour engager les plus grands du Royaume à sa conseruation, il
leur en demande à emprunter à ne jamais rendre que par
des Benefices, des Gouuernemens ou des Charges, que
d'ailleurs ils meriteroient gratuitement.

C'est ce qui me fait ressouuenir, MADAME, par le
deuoir de ma conscience, & l'interest que ie prens à vostre salut, de vous auertir du sale trafic que fait vostre premier Ministre des Benefices de France, dont vous luy lais-
sez comme de toutes choses l'entiere & absolue disposi-
tion, & vostre Majesté me permettra s'il luy plaist de luy
dire auec tout le respect que ie luy dois, que le Conseil de
Conscience que vous auez establi sur qui vous pensez vous
decharger, & dont on ne se sert pourtant que pour examiner religieusement le merite & les capacitez de ceux
que l'on veut refuser, & non pas de ceux que l'on veut gra-
tifier, n'empeschera pas, puis que vous en estes informée
par mon moyen, que vous ne soyez obligée de respondre à
la justice de Dieu (plus exactement encore que vous n'exi-
gez de vos sujets qu'ils respondent à la vostre) des abus,
des simonies, des trocs, des permutations illicites, des re-

ſervies de penſions criminelles, des diuiſions & des partages
que ce Cardinal fait en la diſtribution des Benefices en la
meſme maniere que s'ils eſtoient des biens temporels qui
fuſſent dans le commerce des hommes, & dans le pouuoir
des Rois, ou de leur Miniſtres, pour en fauoriſer qui leur
plaiſt, & bien ſouuent pour recompenſer vn crime au lieu
de le punir.

Mais peut-eſtre que ce Cardinal eſtant plus grand Poli-
tique qu'il n'eſt Canoniſte ou Theologien, pouuoit auec
plus de prudence aux Gouuernemens des Prouinces &
des Places, Que voſtre Majeſté y prenne garde, elle verra
MADAME, qu'il ne les donne jamais au merite, mais
à la ſeruitude honteuſe de ceux qu'il aſſujetit à ſa faueur,
que le plus ſouuent il en diſpoſe pour des gens inconnus, la
plus part Italiens, ſans en parler à voſtre Majeſté qu'il pri-
ue de la reconoiſſance & du ſeruice des Creatures que
vous feriez, & que ces jours paſſez par cette mauuaiſe
conduitte, il contraignit Monſieur le Duc d'Orleans à ſe
plaindre hautement qu'il auoit donné plus de 17. Gouuernemens depuis la detention des Princes, ſans luy en auoir
rien communiqué, bien qu'il ſoit Lieutenant General de
l'Eſtat.

Voſtre Majeſté peut encore remarquer ſi elle s'en veut
donner la peine, comme elle y eſt obligée, que ce fidel
Miniſtre ne confie jamais les Places frontieres qu'à ceux
qui luy ſont aſſez ſoûmis, pour les remettre entre les mains
de l'ennemy par ſes ordres, qu'il ne miſt dans Ipre Monſieur de Paluau, que par ce qu'il eſtoit ſorty promptement
de la Citadelle de Courtray de peur de la deffendre; qu'il
ne deſnia cette derniere Place au frere du feu Mareſchal
de Gaſſion, qu'à cauſe qu'il la deuoit bien garder, & qu'il
ne refuſa ſur la priere de mon fils le Gouuernement de la
ville d'Ipre à feu Monſieur de Chaſtillon, qui auoit con-
tribué de ſes ſoins & de ſa valeur à la prendre, que par ce
qu'il auoit trop de courage & d'ardeur au ſeruice du Roy,
pour la laiſſer perdre lâchement, comme a fait celuy qui

luy fut preferé.

Comme ce Cardinal ne se soucie pas ainsi que vous voyez, MADAME, de mettre de bons Gouuerneurs dans les Places frontieres, il se soucie encore moins d'y mettre des prouisions de guerre, d'y entretenir de fortes Garnisons, & d'y faire toutes les reparations necessaires; & comme il n'a point d'interests à la conseruation & à l'honneur de la France, estant originairement sujet d'Espagne, il ne faut pas s'estonner, si par sa negligence & par sa malice il trauaille heureusement à la depouïller de toutes les Conquestes du feu Roy Louïs 13. & de toutes les victoires du Roy vostre fils, s'il tient enchaisné les bras de Monsieur le Prince qui les pourroit conseruer ou tous les jours accroistre par sa prudence & par sa valeur ; & si pour donner moyen cette année à l'Espagnol de reprendre la Catalogne, & empescher qu'on ne songe de bonne heure à la secourir, il fait courir le bruit que les grands preparatifs de leur flotte ne sont pas pour attaquer cette Principauté ; mais pour venir fondre sur Piombino & Portolongone, ce qu'il n'apprehende pas, & il y a trop long-temps que l'Espagne luy en promet la Souueraineté, ayant mesme des-ja recompensé le Prince Ludouisio à qui elle appartenoit, de la Principauté de Salerne au Royaume de Naples, de laquelle il a pris possession.

Mais que ce Cardinal prenne garde que les Espagnols ne l'amusent par de vaines esperances, comme luy mesme amuse tout le monde par de belles promesses, & qu'à la fin apres luy auoir fait faire à leur auantage tant de trahisons & de perfidies, ils ne luy refusent cette Principauté qu'il espere, & ne le trompent auec justice, comme il a si long-temps trompé Monsieur l'Abbé de la Riuiere, luy promettant le Chapeau de Cardinal, à l'heure mesme qu'il tâchoit de luy oster par toutes sortes de moyens, de peur qu'il ne fist ombre au sien ; & que ce Ministre fortifié de nouueau par l'esclat d'vne dignité si puissante, ne portât courageusement son Maistre à purger la France de ce

monstre

monſtre, qui apres auoir eſchappé des mains de Mor.ſieur
le Prince, des Frondeurs & de la Iuſtice, doit enfin perir
par la voſtre, ou par celle de Monſieur le Duc d'Orleans,
ſi ce n'eſt qu'vne action ſi glorieuſe qu'eſt la punition de ce
traiſtre ne ſoit reſeruée au Roy voſtre fils, du moment
qu'il ſera deuenu Majeur, & en eſtat de reprocher à ceux
qui l'ont ſouffert, & qui le ſupportent encore, de n'auoir pas
exterminé vn Miniſtre ſi contraire au bien de ſon Eſtat.
 Apres tout cela, MADAME, pourrez vous encor
douter, que pour aider ſous main le Roy d'Eſpagne à rentrer dans vne Prouince qui eſt comme la frontiere & la
clef de Madrit, ce Miniſtre enuoye le Duc de Mercœur
en Catalogne, comme il fit autrefois le Prince de Condé
mon fils, auec peu de troupes & moins encore d'argent,
ou pour le faire perir & ſe deffaire adroittement d'vn des
principaux appuis de la maiſon de Vendoſme, qu'il a ega-
lement & auſſi ſenſiblement offenſé que la mienne, ou(ſi
le mariage de ce Prince & de ſa Niepce venoit à ſe faire
apres tant de remiſes) pour oſter aux plus ſimples le juſte
ſoupçon qu'ils pourroient auoir de ſa perfidie, en leur in-
ſinuät cette artificieuſe penſée, qu'il n'y a pas d'apparence
qu'il euſt voulu faire perdre au Roy vne Prouince impor-
tante, comme eſt la Catalogne, dans le temps que ſon pa-
rent & ſon Neueu en auroit eſté le Viceroy, comme ſi toute la France n'auoit pas veu cette Principauté dans le plus
grand danger de ſa ruine, & de retomber ſous la domina-
tion d'Eſpagne, lors que le Cardinal de Sainte Cecile y
commandoit Souuerainement, & qu'il fut contraint faute de ſecours d'en reuenir ſans ordre, deteſtant tout haut
la perfidie auſſi bien que la timidité de ſon frere; & comme
ſi tous les plus eſclairez, & tous ceux qui connoiſſent à
fond la malice & la vanité de ce Miniſtre n'eſtoient pas
ſuffiſamment perſuadez qu'il ſacrifietoit hardimēt à ſon ambition dereiglée le Duc de Mercœur, tout ſon Neueu qu'il
ſeroit, la maiſon de Vendoſme, celle de Mancini, de Martinozzi, de Magalotti, & d'vne infinité d'autres, & que

 b

pour maintenir sa tirannie en France ou en Espagne, il n'espargneroit pas son frere, tout sage Cardinal qu'il estoit, ny Dom Pierre Mazarin son pere, ny vostre Majesté mesme, à laquelle il a de si grandes obligations.

Mais ie ne finirois jamais cette Lettre, MADAME, s'il falloit que ie vous fisse vn exact recit de tous ses crimes pendant son fatal Ministere, & que ie vous parlasse des pernicieux desseins qu'il medite contre tous les plus gens de bien, & contre vostre propre personne, si apres la Majorité vous estiez contraire ou inutile à sa conseruation.

C'est à V. M. a y prendre garde, comme c'est à elle d'en respondre à Dieu & au Roy vostre fils, & ie laisse tres-volontiers à Messieurs du Parlement la charge de vous en faire leurs plaintes par de tres humbles Remonstrances, & d'acheuer enfin (si vous n'y mettez ordre) ce qu'ils ont des-ja si bien commencé, puis que parmy tous mes malheurs, j'ay encore celuy de n'auoir pas la liberté de demeurer en seureté dans Paris, pour me rendre partie & denonciatrice contre luy.

Ie me contenteray, MADAME, de vous parler du crime qu'il a fait d'emprisonner mes enfans & mon gendre, des calomnies qu'il leur impose, des artifices dont il s'est seruy pour les perdre, & des motifs injustes qu'il a eu de les faire arrester par l'autorité de vostre Regence. Depuis le retour glorieux de vos Majestez à Paris, que Monsieur le Prince auoit eu tant de peine à obtenir pour le bien de cette ville, & de tout le Royaume, le Cardinal Mazarin considerant que mon fils le Prince de Condé estoit vn obstacle fascheux à sa grandeur, à l'établissement de sa famille, & à la ruine de toute la France, qu'il trauersoit luy seul tous ses grands desseins, qu'il empeschoit le mariage de ses trois Niepces, & la fortune de son Neueu; qu'il s'opposoit à l'alliance de la Maison de Vendosme, que par adresse il recherchoit lors pour n'auoir plus de besoin de la protection de mon fils, comme il la recherche encor aujourd'huy, pour se pouuoir passer vn jour de la vostre

Qu'il empefchoit que Monfieur de Mercœur, plus amou-
reux de l'Admirauté que de fa Niepce, ne luy enleuaft vne
charge qui luy appartient par tant de tiltres, & laquelle
il n'euft jamais cedée à d'autres qu'à voftre Majefté, où à
fon Alteffe Royale ; Qu'il donnoit malgré luy la paix au
Parlement de Bourdeaux, fi vtile à l'Eftat ; Qu'il foula-
geoit les peuples de la Guienne contre fes oppreffions, &
contre les violences du Duc d'Efpernon ; Qu'il éloignoit
par ce moyen le mariage de la feconde de fes Niepces auec
le Duc de Candale fon fils : Qu'il tardoit à fe demettre de
la charge de grand Maiftre de France, en faueur de Mancini fon Neueu, en échange de celle de Connéftable,
dont il luy donnoit affeurance par le Duc de Rohan, & de
continuer à Monfieur le Duc d'Orleans celle de Lieutenant General de l'Eftat apres la Majorité ; Qu'il fauorifoit
tout recemment le mariage de Madame de Pons auec le
Duc de Richelieu, par luy deftiné depuis fi long-temps à
la troifiefme de fes Niepces, du confentement mefme
feint ou veritable de Madame d'Eguillon ; Qu'il le preffoit
à toute heure & à tout moment de faire la paix, de foulager les peuples, & de moderer la violence de fa conduite ;
Qu'il s'acquittoit ainfi hautement de fa charge de Chef
du Confeil du Roy, & follicitoit Monfieur le Duc d'Orleans à exercer de mefme la fienne de Lieutenant General
de l'Eftat ; En fin qu'il diminuoit ainfi tous les jours l'é-
clat & l'authorité de fô miniftere ; Alors ce Cardinal pouf-
fé de haine & d'ambition, prift vne funefte refolution de
perdre Monfieur le Prince fon protecteur, & d'enueloper
dans vne mefme ruine le Prince de Conty & le Duc de
Longueuille, qui s'eftoient declarez fi hautement contre
luy au fiege de Paris ; afin qu'il ne reftât perfonne en toute
noftre famille affez puiffante pour s'oppofer au pernicieux deffein qu'il auoit de la perdre, ou pour en rechercher la vengeance par toutes les voyes que la Iuftice nous
permet, quand par malheur il en viendroit heureufement
à bout.

Si la perte de Monsieur le Prince luy sembla facile, s'e-
stant desja perdu luy-mesme par le siege de Paris, & par la
funeste protection qu'il luy donnoit: Si la perte de Monsieur de Longueuille luy parut aisée, esloigné qu'il estoit
du Gouuernement de Normandie où il estoit fortaimé, il
jugea la perte du Prince de Conty tres-difficile dans Paris, où le Parlement & le peuple le confideroient encore
comme celuy qui auoit esté leur Protecteur; il ne laissa
pas de la mediter, & celle des autres, auec d'autant plus
de hardiesse, qu'il s'agissoit de faire vn grand crime, pour
s'establir puissamment.

Qu'vn Estranger conceust la perte de deux Princes du
Sang, & d'vn autre de la Maison Royale dans Paris, la ca-
pitale du Royaume, pendant la Minorité d'vn Roy, & la
Regence d'vne tres-bonne Reine, n'estoit-ce pas vne
action bien hardie & bien criminelle, il la conceut pourtant, j'en viens de dire à vostre Majesté les motifs, elle
aura la bonté, s'il luy plaist, d'entendre les fourbes qu'il
employa pour la mettre en execution.

Comme il vit qu'il estoit quasi impossible de perdre le
Prince de Conty, & par mesme moyen les deux autres
Princes, tant qu'il seroit vny comme il estoit auec Monsieur de Beaufort & les autres Frondeurs, il jugea que
pour trauailler à leur ruine commune, il falloit premiere-
ment songer à desvnir le Prince de Conty de son party,
c'est à dire de cette illustre Societé de personnes de naif-
sance & de credit, qui, pour le bien de l'Estat & l'honneur
de vostre Regence, auoient juré solemnellement, & signé
de leurs propres mains la perte du Cardinal Mazarin. La
premiere discorde que ce Ministre artificieux eut la malice de semer entre des personnes si bien vnies & si desinte-
ressées, fut d'accorder, en consideration du Prince de
Conty, le Tabouret à la Princesse de Marcillac, femme de
Monsieur de la Rochefoucault d'aujourd'huy, de le refuser
en mesme temps à tous les autres, qui ne le demandoient
pas non plus que luy, mais y auoient quelque pretention:
&

& pour faire d'auantage pour eux de la ialousie, & de la
haine de le donner à Madame de Pons, à la recommandation de Monsieur le Duc d'Orleans, & de Monsieur l'Abbé
de la Riuiere, qui ne songeoient quasi pas à luy demander
cette faueur.

Il commença par ce moyen à mettre vne funeste diuision entre le Prince de Conty & les autres Frondeurs, &
non content de luy oster l'amitié de tant de personnes Illustres, qui estoient bien aise d'auoir à leur teste vn Prince du Sang pour Chef de la haine qu'ils auoient pour luy,
& qui peu auparauant auoient esté dans son Carosse s'off-
frir à Monsieur le Prince, lors qu'il luy enuoya dire qu'il
ne vouloit plus estre son amy, il tâcha par le moyen de ces
mesmes tabourets, d'attirer encore sur ce Prince & sur
son frere l'auersion de toute la Noblesse du Royaume, dont
il fit assembler quelqu'vns des Principaux qui estoient
lors à la Cour, chés Monsieur le Mareschal de l'Hospital,
par l'intrigue du Marquis de S. Megrin, ne considerant
que sa passion, & non pas les suittes dangereuses de telles
assemblées, & le mauuais exemple que donnoient les
Anglois; & afin qu'il n'y eust aucun des trois Ordres du
Royaume qui ne souleuast contre mes enfans, & que le
Clergé aussi bien que la Noblesse & le Peuple, trouuast
quelque pretexte de les haïr, il fist assembler dans son Palais tout ce qu'il y auoit de Prelats dans Paris, pour s'op-
poser aux Tabourets de la Princesse de Marcillac, & de
Madame de Pons, comme s'il eust esté question de refor-
mer des abus de l'Eglise, dont ils se soucie fort peu, & il fist
si bien par les souplesses ordinaires, qu'il obligea le Clergé & la Noblesse à demander conjointement la reuoca-
tion des Tabourets, non seulement que mes enfans auoient
fait accorder, mais aussi tous les autres que vostre Majesté
auoit donné depuis vostre Regence, ce qu'il leur accorda
sans peine, & quelqu'autre qu'il eust, afin de rendre les vns
& les autres plus irreconciliables, ennemis irreconciliables de nostre Maison.

L

Cette premiere fourbe ne luy ayant pas mal reüſſi, pour
oſter à mes enfans l'amitié de beaucoup de perſonnes
conſiderables qui ſe ſeroient intereſſés dans leur ruine, il
inuenta pluſieurs autres fourberies, qu'il ſeroit ennuieux
de vous deduire, qui n'empeſcherent pas que Monſieur le
Prince, le Prince de Conty, & le Duc de Longueuille,
n'aimaſſent mieux eſtouffer le reſſentiment de tant d'injures dont ils eſtoient bien auertis, que pour en prendre
vengeance comme ils en eſtoient preſſez tous les jours
par les Frondeurs & par leur propre inclination, s'ex-
poſer au malheur ineuitable d'eſtre priuez de l'honneur
de vos bonnes graces, & de cauſer de nouueaux troubles
à l'Eſtat, par la reſiſtence que vous aporteriés à ſon eſloi-
gnement, s'ils prenoient la liberté de vous en ſolliciter.

Mais ce Cardinal abuſant de voſtre bonté auſſi bien que
du pardon que Monſieur le Prince luy auoit accordé, non
tant à ſes feintes pleurs, qu'à la priere de Monſieur le Duc
d'Orleans, qui luy auoit amené, perſiſta plus fortement
que jamais dans le deſſein de perdre mes enfans & tous
ſes ennemis ſans les menacer comme ils l'auoient menacé, & continuant à mettre de la diuiſion parmy eux, comme il auoit heureuſement commencé, il inuenta la plus
noire fourberie que l'on puiſſe imaginer, & que j'ay certainement plus d'horreur à dire à V. M. qu'il n'en eut à la
mettre au jour.

Il s'auiſa qu'il falloit ſuppoſer que Monſieur de Beaufort
& les autres Frondeurs auoient eu deſſein d'aſſaſſiner
Monſieur le Prince, & que pour rendre leur crime plus
vray-ſemblable, il falloit apoſter des gens qui tiraſſent de
nuit dans ſon Caroſſe, & ſuſciter à meſme temps des faux
teſmoins pour les accuſer, afin, ou de les faire perir les
vns & les autres par la force des armes, comme ce
malheur penſa mille fois arriuer, & s'eſpargner ainſi la
peine & la honte de leur commune ruine, ou de les faire
perir par l'autorité de la Iuſtice, en laquelle il eſperoit, ou
de perdre par le moyen de Monſieur le Prince tous les

Frondeurs ſes anciens ennemis, s'ils eſtoient conuaincus
de l'aſſaſſinat, ou de perdre Monſieur le Prince par le
moyen des Frondeurs, s'ils en eſtoient renuoyez abſous.

Il faut auoüer, MADAME, que ſi voſtre Miniſtre
n'eſt gueres habile à conduire ſagement vn Eſtat, qu'il
ne l'eſt que trop à conduire vn crime à ſa perfection. Deux
mois auant que de le mettre au jour, il dit à Monſieur le
Prince, auec toutes les marques d'vne affection ſincere,
qu'il eſtoit bien auerty qu'on vouloit attenter deſſus ſa
perſonne, & qu'il y priſt garde, & quelque temps apres
pour ne paroiſtre pas l'inuenteur de ce faux auis, il fiſt en
ſorte par des detours qui ne me ſont pas connus, que
Monſieur le Duc d'Orleans, & puis Monſieur l'Abbé de
la Riuiere, luy confirmaſſent à differentes fois la meſme
choſe, afin de le diſpoſer de longue main à croire vn peril
que ſon courage & ſa naiſſance ne luy auoient pas encore
permis d'apprehender.

Enfin apres pluſieurs remiſes, ce Cardinal attendant
tous les jours quelque occaſion fauorable, pour faire paroiſtre vn aſſaſſinat contre mon fils, il n'en trouua point
de plus propre que le jour de la ſedition excitée dans Paris, afin qu'il luy paruſt plus vray ſemblable, & qu'il ſe
laiſſaſt mieux perſuader que ceux qui le matin n'auoient
peu l'enueloper auec toute la Maiſon Royale par vne emo-
tion populaire, auoient voulu le ſoir, pour reparer leur
faute, le perdre par vne conjuration particuliere, comme celuy qui en eſtoit le principal protecteur. Ayant donc
ſur les ſept heures du ſoir fait aſſembler ſur le Pont-neuf,
au nom de Monſieur de Beaufort, pluſieurs gens armez, à
qui l'on diſoit de ſa part, pour auoir ſujet puis apres de
l'accuſer, que c'eſtoit pour tuer Monſieur le Prince quand
il viendroit à paſſer, comme il faiſoit toutes les nuicts,
pour s'en aller à ſon logis; il en auertit à meſme temps
Monſieur le Prince à l'entrée du Conſeil, & le fit encore
auertir par V. M. ſon A. R. Royale, Monſieur l'Abbé de
la Riuiere, & Monſieur de Seruient, (dont ie garde encore

la Lettre, qu'il eust à prendre garde à sa personne, & qu'il
y auoit des gens assemblez à la place Dauphine pour l'Af-
sassiner.

Mon fils voulant aussi-tost monter à cheual auec quel-
ques-vns des siens, pour donner la chasse à cette canaille,
& recognoistre luy mesme le peril dont on vouloit luy
frayer, il fit tant qu'il le retint par le commandement de
V. M. de peur qu'il n'allast descouurir ou dissiper ses artifices, le conjura mille fois de ne se point exposer à vn si
grand danger, de ne sortir point du Palais Royal, & de
n'aller point pour ce soir là coucher chez luy; & en fin il
luy conseilla de renuoyer vuide son Carosse, auec les flambeaux & la mesme suitte qu'il auoit coûtume de s'en re-
tourner, sçachant bien que les Satellites qu'il auoit mis en
embuscade ne manqueroient pas de faire leur decharge
quand il viendroit à passer, & de confirmer vn crime qu'il
auoit tant de peine à luy persuader.

Comme on eut rapporté à Monsieur le Prince que l'on
auoit tiré plusieurs coups sur son Carosse, que dans le fonds
de celuy du Comte de Duras, où il se mettoit quelquefois,
l'on auoit tué vn Laquais qui s'y estoit rencontré par hazard, & que l'on auoit crié auec mil blasphemes le coup est
manqué, le Prince n'y est pas; ce fut alors qu'il se laissa
malheureusement persuader que l'assassinat estoit veritable, & qu'il fut viuement sollicité, plus par le Cardinal que
par le desir de vengeance, de trauailler incessamment à la
recherche des auteurs de cette conjuration.

L'on n'eut pas grand peine d'en trouuer, le Cardinal y
auoit mis trop bon ordre, & ne voulant pas pourtant luy-
mesme nommer à mon fils aucun de ceux qu'il meditoit
de rendre coupables, de peur que l'accusation qu'il en feroit ne deuint nulle ou suspecte, par la haine que tout le
monde sçait qu'il porte à tous les gens de bien, il les luy fist
connoistre dés le soir mesme par des personnes interpo-
sées, dignes jusques alors de quelque creance; & dés le
lendemain, pour ne pas laisser refroidir le ressentiment d'v-

ne

ne injure, faute de sçauoir celuy qui en est l'auteur, il luy
dit hardiment, après le soupçon qu'il luy en auoit desja
fait donner, que les Auteurs de l'assassinat n'estoient autres que Monsieur de Beaufort, Monsieur le Coadjuteur,
Monsieur de Bruxelles, le President Charton, le Marquis
de la Boulaye, & en suitte tous les Frondeurs. Quelque peine que Monsieur le Prince eust à croire capables
d'vne si grande lâcheté des personnes de ce merite & de
cette condition, le Cardinal Mazarin en prenoit encore
dauantage pour luy persuader cette fausseté ; il n'y eut
point de finesse qu'il ne mist en vsage pour les en connain-
cre, ny de faux témoins qu'il ne luy fist parler contre leur
innocence, les Canto, les Sociando, les Gorgibus, les
Charbonniere, les sieurs de la Comette, & autres sortes
de gens, tous la pluspart Commis du Partisan la Raillie-
re y furent employez, leur faisant dire deuant ce Prince
plus de mal contre les accusez, qu'il n'en falloit pour les
condamner, n'ayant pourtant pú les faire persister dans la
mesme deposition pardeuant Messieurs Doüjat & Menardeau, Deputez à cette fin, encore qu'apparemment il leur
eust donné des Lettres de Cachet, pour estre impunément
& en toute liberté faux-témoins, comme il parut lors qu'il
leur en auoit donné, pour dire ou faire hardiment en qualité d'Espions, tous les crimes qu'ils auroient voulu imaginer.

Qui n'eust esté trompé, MADAME, par tant de ru-
ses si adroitement conduites, & qui est celuy qui agis-
sant auec la sincerité qui accompagne toûjours les grands
courages, ne se fust laissé seduire, & n'eust pris pour des
veritez des calomnies si specieuses, dont l'éclaircissement
importoit si fort à l'Estat, puis qu'elles regardoient la personne du premier Prince du Sang. Le Cardinal Mazarin
ayant donc ainsi malheureusement engagé Monsieur le
Prince à poursuiute criminellement Monsieur de Beaufort, Monsieur le Coadjuteur, Monsieur de Bruxelles, le
President Charton, & les autres accusez, ayant aussi par-

ce moyen forcé le Prince de Conty à fuiure aueuglément par le deuoir du Sang & de la Nature les interests de son frere, & de se destruire quasi soy-mesme, en attaquant les Frondeurs, dont il estoit encore le Chef, il ne trouua plus par cette fatale diuision aucun obstacle à la ruine de mes enfans, puisqu'il leur ostoit à mesme temps le credit des Frondeurs, la protection du Parlement, & l'amitié des Peuples: Mais la perte de ces deux Princes n'estoit pas le seul auātage qu'il esperoit tirer de cette funeste desvnion, il esperoit encor après cela la ruine des Frondeurs & du Parlement, & que les plus Grands du Royaume, priuez du secours de Monsieur le Prince, & effrayez de sa cheute, deuiendroient necessairement, où les esclaues de sa fortune, où les victimes de sa vengeance.

Cependant il ne douta point, quelque succez que peût auoir la poursuitte du crime qu'il auoit supposé, que dés l'heure mesme il ne perdist infailliblement, où mes enfans s'ils succomboient à l'accusation, faute de preuues, où Monsieur de Beaufort & les Frondeurs, s'il se trouuoit assez de charges contr'eux, & par mesme moyen tout le Parlement, par la condamnation qu'il seroit forcé par la rigueur des Loix & de la Iustice, de prononcer contre Monsieur de Bruxelles & le President Charton, deux des plus Illustres & plus puissans de leur Corps.

Il ne faut donc pas s'estonner, MADAME, si ce Ministre s'interessoit si fort à la poursuitte de cette affaire, qui luy estoit de si grande consequence, & qui le deuoit deliurer de ses principaux ennemis, si pour y engager plus fortement Monsieur le Prince, il luy donnoit si liberalement l'autorité du Roy, & le credit de Monsieur le Duc d'Orleans, qu'il faisoit aller souuent au Palais, afin de tâcher de le rendre odieux à tout le monde, & de le perdre plus aisément à la premiere occasion; & si pour mieux fomenter la chaleur des deux Princes, & l'animosité des Parties qui commençoient à se refroidir, & à parler d'accommodement, il fist amener de Normandie, auec pompe &

grand appareil le nommé des Martiniaux, qu'il publioit
estre le principal auteur de l'entreprise, & le depositaire
de tout le secret de la conjuration, qui suiuant ses ordres,
& pour aider à cette fourberie, estoit allé, sous pretexte
de se sauuer en Angleterre, se faire prendre en la ville de
Coustances, où estoit Euesque le sieur Aury, cy-deuant
Maistre de Chambre de ce Cardinal.

Monsieur le Prince voyant que ce nouueau tesmoin,
tant attendu & tant vanté, ne chargeoit pas plus les accusez, par sa deposition, qu'auoient fait les Canto, les Sociando, & autres faux tesmoins, & que Monsieur de Beaufort, Monsieur le Coadjuteur, & les autres, soustenoient
hautemét leur innocéce, & ne laissoient pas de rechercher
auec toutes sortes de soûmissions son amitié, il commença d'ouurir les yeux, & d'apperceuoir au trauers de tant
d'obscuritez & d'artifices, l'erreur dangereux, ou la malice & la passion de ce Ministre l'auoient precipité, & dés
lors il escouta fauorablement les propositions auantageu-
ses que les Frondeurs luy faisoient tous les jours d'vne par-
faite reconciliation.

Le Cardinal Mazarin qui estoit aux escoutes, & qui faisoit obseruer soigneusement la contenance des vns & des
autres, ne manqua pas d'en estre aussi tost auerty ; & jugeant bien que l'accommodement des Princes & des
Frondeurs attireroit infailliblement sa ruine, que ses fourberies seroient découuertes, que les faux tesmoins estans
poursuiuis criminellement declareroient tout le myste-
re, & celuy qui les auroit employé, & que leur deposition
seroit aussi-tost suiuie de sa perte, & de sa condamnation,
il creut qu'il n'auoit point d'autre moyen de se sauuer, que
d'executer hardiment & sans plus de remise le dessein de
perdre mes enfans, qu'il meditoit il y auoit si long-temps,
qu'il ne pouuoit couurir toutes ses perfidies, que par vne
trahison encore plus lâche, qu'il ne luy restoit plus d'autre finesse pour mettre sa vie & sa fortune en seureté, que
d'emprisonner les trois Princes auant leur accord auec

Monfieur de Beaufort & les autres Frondeurs, & qu'il n'y
auoit point de temps plus fauorable pour faire vne action
fi hardie & fi perilleufe, que celuy où les efprits des Peuples, du Parlement & des accufez, n'eftoient pas encore
bien remis de la haine qu'ils auoient conceus contre mes
enfans, par vne accufation fi odieufe.

Pour faire donc vne entreprife fi haute & fi inouïe dans
toutes les Minoritez de nos Roys, il fallut, MADAME,
que ce Miniftre en parlaft à voftre Majefté, & qu'il employaft fur fon efprit des rufes bien puiffantes, pour la porter bonne comme elle eft, à de fi grandes extrefmitez, & à
traitter fi rigoureufement trois Princes, qui auoient rendu tant de feruices à l'Eftat, & témoigné tant de zele à
maintenir l'autorité de fa Regence; lefquelles rufes
ne m'eftans pas connuës, non plus que les crimes dont il
a tâché de les noircir auprés de vous, j'ay vn déplaifir
tres-fenfible de ne pouuoir pas vous en faire voir la fauffeté, auffi bien que de ceux dont j'ay prefentement l'honneur de vous entretenir.

Il fallut encor, MADAME, que ce Miniftre en parlaft à Monfieur le Duc d'Orleans, & que pour corrompre
fa bonté & fa douceur naturelle, il employaft auffi beaucoup de fineffe pour le faire confentir à la perte de trois
Princes, qui en toutes les occafions luy auoient porté
tant d'obeïffance & de refpect: Il ne manqua pas de luy
dire que Monfieur le Prince auoit enuie d'eftre Conneftable, & de luy ofter par cette Charge, aprés la Majorité
du Roy, le commandement de toutes les Armées, qui luy
appartenoit par celle de Lieutenant General, qui alloit
finir auec la Minorité ; & de peur que Monfieur l'Abbé de
la Riuiere ne vint à luy defcouurir la fauffeté de cette ca-
lomnie ; & toutes les propofitions qu'il luy auoit faites
par le Duc de Rohan, de donner à fon Alteffe Royale le
Breuet de Lieutenant General de l'Eftat, aprés la Majorité, celuy de Conneftable à Monfieur le Prince, & celuy
de Grand-Maiftre de France à fon Neueu Mancini, qui
eftoit

eſtoit ainſi mis à la honte de tout le Royaume, en egalité
& en paralélle auec l'Oncle du Roy, & le premier Prince
du Sang, il rendit par ces artifices la fidelité de cét Abbé
ſuſpecte à ſon Maiſtre, & l'accuſa d'eſtre d'intelligence
auec mes enfans ; afin qu'ils ne s'oppoſaſſent point au
Chapeau de Cardinal qu'il eſperoit.

Son Alteſſe Royale ainſi perſuadée par vne fourbe ſi
ſpecieuſe, & voſtre Majeſté ſans doute auſſi gaignée par
quelqu'autre de meſme force, il ne reſtoit plus à ce perfi-
de aucun obſtacle à l'execution de ſon pernicieux deſſein,
ayant afaire à deux Princes qui ne ſe deffioient de rien,
qui eſtoient dans Paris hors de leur place, & de leur Gouuernement, où quelqu'vn des deux n'auroit pas manqué
d'eſtre, s'ils euſſent eu le deſir de broüiller, comme ils
en ſont accuſez ; & qui ne ſentant aucun mauuais reproche de leur conſcience, venoient hardiment enſemble tous les jours au Palais Royal vous rendre leurs
tres humbles deuoirs. Mais la difficulté eſtoit d'y attirer
le Duc de Longueuille, qui n'y venoit pas ſouuent, &
qui demeuroit toûjours à Chailliot auec ſes enfans, ſoit à
cauſe de ſes gouttes, où qu'il ne vouluſt pas s'engager
auec ſes beaux-freres en la pourſuitte de l'accuſation de
Monſieur de Beaufort, qu'il eſtimoit fauſſe ; où que par la
preuoyance que luy donnoit ſon âge il ſe deffiaſt de ſon
malheur, & d'vn Italien qu'il auoit offenſé ſenſiblement,
& qu'il auoit accuſé hautement de n'auoir pas voulu luy
laiſſer ſigner à Munſter la paix de la France, & le repos de
toute l'Europe.

Mais il n'y a point de difficultés, MADAME, ny de
preuoyance que voſtre premier Miniſtre ne ſurmonte,
quand il s'agit de tromper: Il trauailla l'eſpace de trois ſe-
maines à ſe mettre bien dans l'eſprit de Monſieur de
Longueuille, & à luy oſter les defiances & les juſtes ſoup-
çons qu'il auoit de ſa malice & de ſon reſſentiment, il n'y
auoit quaſi point de jour qu'il ne luy enuoyaſt faire mil
offres de ſeruice, & mil proteſtations d'amitié, à toute

N

heure il luy promettoit d'auoir vn fidel soin, non seulement de ses interests, mais encore de ceux de ses amis, &
specialement du Marquis de Beuuron.

Cinq ou six jours enuiron deuant sa prise, afin de l'ap-
priuoiser, & de le faire venir quelquefois à Paris, il luy
enuoya dire en grande diligence comme vne bonne nouuelle, que vostre Majesté auoit fait la grace au Marquis de
Beuuron de luy accorder le Breuet de Duc qu'il luy auoit
demandé, & que pour le faire passer au Conseil sans que
Monsieur le Duc d'Orleans aportast quelque empesche-
ment, il falloit prendre vn jour fauorable qu'il ne s'y trou-
ueroit pas; il fit en sorte que son A. R. feignit d'estre malade durant huict ou dix jours, afin d'obliger Monsieur de
Longueuille à venir au Conseil pour ce Breuet; & de peur
qu'en attendant qu'il y vint & qu'il s'y rencontrast auec
ses deux beaux-freres, Monsieur le Prince ne s'accom-
modast auec Monsieur de Beaufort & les autres Frondeurs, & qu'apres cela ils ne le poursuiuissent tous comme vn accusateur, il fist promettre au Prince de Condé le
Samedy matin trois jours deuant sa prise, qu'il n'enten-
droit à aucun accomodement, luy disant que vostre Majesté vouloit donner satisfaction aux vns & aux autres, &
establir entr'eux vne bonne paix. Asseuré qu'il est de la
parole de mon fils, qu'il sçauoit bien estre plus inuiolable
que la sienne, il enuoya prier Monsieur de Longueuille de
venir au Conseil pour le Breuet de Duc promis à Monsieur de Beuuron, & de se seruir de l'occasion fauorable
que donnoit l'absence & la maladie de Monsieur le Duc
d'Orleans pour le faire passer; & pour obliger plus ce
Prince & les deux autres à venir au Palais Royal, il fit
feindre à V. M. dés le Samedy quelque indisposition qu'il
vous fist continuer le Dimanche & le Lundy, afin que
venant tous trois ensemble, ou pour le Conseil, ou pour
vous rendre visite, il les peust faire arrester.

Il manqua son coup le Samedy, le Dimanche, & le Lundy 17. Ianuier, ne les ayant pas trouué par hazard tous trois

dans le piege qu'il leur auoit preparé, & de peur que mes enfans ne prissent quelque ombrage des gens de guerre qu'il falloit tenir prests pour les emmener estant pris, & n'adjoustassent quelque creance aux bons auis qui leurs estoiét donnés de toutes parts de leur prochain malheur, il obligea mon fils aisné à commáder luy-mesme aux gens d'armes d'attendre l'ordre tous les soirs au marché aux Cheuaux, luy faisant accroire qu'il estoit auerty que les Frondeurs vouloient enleuer de la Conciergerie ce des Martineaux, dont j'ay desja parlé à vostre Majesté, & par ce moyen artificieux, & par la ferme confiance qu'ils auoient en vostre bonté & en leur innocence, il leur fist fermer les oreilles à tous les conseils de leurs amis, aux auertissemés du Marquis de la Mouslaye, aussi bien quaux prieres & aux frayeurs de leur miserable mere.

Ie ne peus rien obtenir de mes enfans, MADAME, ny par mes pleurs, ny par mes embrassemens, & ie n'eus jamais assez de puissance sur la fermeté de leur ame, pour leur donner la moindre apprehension d'vn peril qui estoit si proche d'eux. Si bien que le Mardy 18. Ianuier, le Cardinal Mazarin ayant par vn des siens le matin, & puis le soir par vn valet de pied de Monsieur le Prince, comme si c'eust esté de sa part, prié Monsieur de Longueuille de venir au Conseil pour ce funeste Brëuet, & disposé des gens de guerre dans le Bois de Boulogne pour l'enleuer hors de la maison de Chaliot, si par defiance ou par quelque hazard il n'en sortoit pas, ayant aussi à mesme temps fait auertir le Prince de Gondé & le Prince de Conty de se trouuer ensemble pour l'affaire du Marquis de Beuuron, tandis que son A. R. estoit malade, il executa sa maudite entreprise contre la fidelité de sa parole, & de celle qu'il auoit exigé de mon fils, & les fist arrester tous trois ensemble dans vne galerie à l'entrée du Conseil au nom du Roy & par les Officiers de V. M. dont quelques vns conduits par les sieurs de Guitaut & de Cominges, leurs presenterent des poignards & des pistolets, auec le visage & la

contenance de meurtriers, sans doute pour empescher
qu'ils ne reclamassent hautement le secours de vostre misericorde, ou que leur courage ne les portast à vne gene-
reuse desféce. Enfin ils furent conduits par le Marquis de
Mioslés au Bois de Vincénes côme des victimes à l'Autel.

Ie ne puis quasi vous acheuer le reste, MADAME,
& le souuenir de ces malheurs m'emporte hors de moy-
mesme, principalément, quand ie considere que vostre
Ministre voulant encore oster l'innocence à ceux à qui il
venoit d'oster la liberté, enuoya contr'eux au Parlement
des calomnies & impostures conceuës par luy & renduës
intelligibles en nostre langue par son fidel interprete
Monsieur de Séruiét, sous le nom d'vne Lettre de Cachet,
ayant apprehendé que s'il leurs eust donné le titre d'vne
Declaration, comme la qualité des personnes, l'a nou-
ueauté de l'entreprise, & l'importance du crime qu'on
leur imposoit sembloient l'exiger, & comme il la nouuel-
lement prattiqué contre Madame de Longueuille, le
Duc de Bouïllon, le Mareschal de Turenne, & le Prince
de Marcillac, qu'il veut encore sacrifier à sa passion, il ne
donnât sujet à Messieurs du Parlement d'en prendre con-
noissance, & de ne la pas verifier, comme estant contraire au bien public, aux anciennes Loix du Royaume, & à la
Declaration du mois d'Octobre 1648. quelque protesta-
tion que peust faire à la fin de cette Lettre de Cachet cét
effronté Ministre, de la vouloir entretenir dans le temps
mesme qu'il y contreuenoit le plus.

Voila, MADAME, le plus brieuement qu'il m'a esté
possible, l'abregé des fourberies que le Cardinal Mazarin
a employées pour la ruine de mes enfás, j'ay pris la liberté
de vous en dire les motifs, & ie ne doute point, que si vostre Majesté prend la peine de jetter serieusement la veuë
sur toutes les actions de la vie des Princes de Condé, de
Conty, & du Duc de Longueuille, vous ne les trouuiez
toutes glorieuses & toutes esclatantes par tant d'illustres
occasions où ils se sont signalez pour le bien de l'Estat,

pour

pour le maintien de l'autorité Royale, & pour l'appuy de
voſtre Regence, & qu'on ne peut reprocher à Monſieur
le Prince qu'on veut faire paſſer pour le plus criminel des
trois, aucun crime enuers ſa patrie, que de n'auoir pas
eſtouffé de ſon ſouffle l'ennemy commun de la France &
de toute l'Europe.

Si pour l'expiation de ce grand crime il a merité vne
grande punition, n'auoüerez vous pas, MADAME, qu'il
n'en eſt desja que trop puny par vne priſon ſi rigoureuſe,
mais afin que vous ne continuiez pas vous meſme dans la
meſme faute, maintenant encore comme vous faites vn
Miniſtre ſi preiudiciable au bien de l'Eſtat, & afin qu'il
puiſſe tout à la fois reparer heureuſement la ſienne & la
voſtre de l'auoir côſerué pédant ſept ans à la ruine de tous.

Rendez, MADAME, rendez promptement à Mon-
ſieur le Prince la liberté, ſans laquelle il ne peut empeſcher que toute la France ne deuienne eſclaue de ce Cardinal, & la conqueſte de tous les autres Eſtrangers, & ne
laiſſez pas d'auantage languir en vne eſtroitte captiuité
le Prince de Conty & le Duc de Longueuille, qui bien
loin de s'eſtre honteuſement ſouillez de l'enorme crime
d'auoir conſerué celuy qui eſtoit comme il eſt encore la
ruine de la France & de toute l'Europe, par le refus qu'il
fait encore de la paix, ils ſe ſont glorieuſement ſacrifiez
au ſiege de Paris, pour aider de leur perſonne & de leur
credit, les Parlemens & tous les peuples, à chaſſer ce Miniſtre hors du Royaume, comme vn perturbateur du repos public.

Que ſi vous ne voulez pas, MADAME, vous donner la
peine d'examiner la vie & la conduite de mes enfans, de
peur que l'amitié, dont vous les auez toûjours honorez,
ne vous rendiſt ſuſpecte ſi vous leur eſtiez fauorable, & ne
vous attirât le blâme de n'auoir pas rendu la juſtice que
vous deuez indifferemment à tous vos Sujets, remiщyez
la connoiſſance des crimes dont on les accuſe à Meſſieurs
du Parlement de Paris, qui ſont leurs Iuges naturels. Per-

O

mettez-moy, MADAME, que ie sois moy-mesme la
partie qui sollicite leur peine s'ils sont coupables, comme
aussi leur absolution s'ils sont innocens; donnez-moy la liberté de reuenir à Paris en toute seureté, demander ou à
voftre Majesté ou à Messieurs du Parlement, grace ou iustice pour trois Princes malheureux ; & ne souffrez pas
que ie sois esloignée à cent lieuës de voftre Throône & du
Tribunal de la Iuftice, où confinée dans quelque obscure
prison, parce que ie suis mere, & que ie demande la liberté de mes enfans ; & l'execution d'vne Declaration si
necessaire à la seureté publique, & à la conseruation des
Grands & des petits, que ie l'eftime vne des principales
Loix de l'Eftat François, qui entre toutes Monarchies
tire son nom de la liberté.

Vous auez mesme, si i'ose vous le dire, MADAME,
plus d'interest que vous ne pensez à l'obseruation de cette
Declaration. Voftre Regence finissant, comme elle va finir dans peu de temps, voftre autorité finira, & sera peut-
estre vsurpée par le Cardinal Mazarin, ou par quelqu'autre violent fauori, qui sans considerer voftre rang, que
comme vn obstacle à son éleuation, vous mettra peut-estre
en vn eftat où vous aurez besoin de la force de cette Declaration pour vous en retirer.

Monsieur le Prince mon fils, qui, par la complaisance
aueugle qu'il auoit pour toutes vos volontez, eftoit vn de
ceux qui resiftoit au commencement à la faire passer, se
voit aujourd'huy contraint d'en implorer le secours. Marie de Medicis, voftre belle-mere, MADAME, sans
chercher d'exemple plus esloigné, dont voftre Majefté
ne peut encore auoir perdu la memoire, eftoit Reine
Mere comme vous, elle eftoit Regente comme vous ; &
qui plus eft, elle auoit la protection de trois Gendres Souuerains, & l'appuy de plusieurs autres Princes de l'Europe, la plufpart tous ses patens ou alliez, elle ne laissa pas
pour cela d'eftre mise prisonniere au Chafteau de Blois par
le Duc de Luynes, fauori du Roy son fils, comme le Cardi-

ñal Mazarin le peut eſtre du voſtre, & ſuiure vn ſi bel
exemple; à la verité elle fut aſſez promptement deliurée
de cette priſon par Monſieur d'Eſpernon, auſſi bien que
de ſon ennemy, par vne mort inopinée : Mais elle retom-
ba bien-toſt aprés dans vne plus cruelle perſecution, &
dans vne ſi grande frayeur d'eſtre encore arreſtée priſon-
niere, par la malice du Cardinal de Richelieu, qui auoit
eſté ſon premier Miniſtre, comme le Cardinal Mazarin eſt
aujourd'huy le voſtre, qu'elle fut forcée de ſe bannir elle-
meſme hors du Royaume, où tout le monde ſçait qu'elle
eſt morte de miſeres.

Qui vous peut aſſeurer, MADAME, qu'il ne vous en
arriuera pas autant, & que vous ne receurez point quelque jour vn pareil traittement, ſi le Cardinal Mazarin
s'emparant, comme il y trauaille dés à preſent, de la puiſ-
ſance du Roy, deuenu Majeur, il ſe met en l'eſprit que
vous n'eſtes plus vtile à ſon ambition, & à la grande fortune qu'il eſperoit, que vous eſtes contraire à ſon autorité,
& que voſtre preſence luy reproche tous vos bien-faits; &
que ſçauez-vous ſi ce cruel Miniſtre, pour imiter parfai-
tement le Cardinal de Richelieu, dont il ne ſera pourtant
jamais qu'vne copie tres-imparfaite, il ne vous chaſſera
pas hors de France; & ſi pour ſurpaſſer encore la malice &
la cruauté de ſon predeceſſeur, il ne vous mettra pas pour
le reſte de vos jours en quelque priſon, loin des yeux de
voſtre fils, & de tous les gens de bien qui pourroient vous
ſecourir.

Encore que tous les hommes, & principalement les
Rois & les plus grands de la terre, n'attendent jamais la
mauuaiſe fortune qu'ils s'imaginent toûjours eſtre éloignée d'eux, d'autant plus qu'ils ſont éleuez; & que dans la
proſperité où vous eſtes, MADAME, vous n'apprehen-
diez point l'aduerſité, & n'eſcoutiez pas fauorablement
les diſcours que l'on vous peut faire, pour vous obliger à
la craindre & à l'euiter, ie prendray pourtant la hardieſſe
de vous dire, conuaincuë que j'en ſuis, par l'experience

funeste de toutes mes afflictions, que les maux arriuent lors qu'on y pense le moins, & que vous pouuez deuenir encore que vous n'y songiez pas, aussi malheureuse que la feuë Reine Mere, & remplir aussi bien sa place par des disgraces pareilles aux siennes, que vous la remplissez aujourd'huy par l'éclat de vos prosperitez.

Mais afin que vous puissiez meriter enuers Dieu qu'il vous preserue des grands reuers qui suiuent d'ordinaire les grandes fortunes, finissez, MADAME, finissez presentement, ie vous en conjuré, les miseres qui m'accablent, ainsi qu'autrefois vous auez souhaitté qu'on finist les vostres, & le souhaitterez encore peut-estre quelque jour, si par vn malheur que ie voudrois plûtost attirer dessus moy, auec tous les autres que ie ressens desja, vous veniez à retomber dans vos premieres miseres; & de peur que le Cardinal Mazarin que vous en preseruez ne vous y precipite, en vous fasse ce qu'il a fait à Monsieur le Prince son protecteur, & ne soit celuy qui vous donne le premier coup pour vous renuerser du haut de vostre Thrône, & qui s'empare de vostre autorité, preuenez-le, faites-le cheoir de l'eleuation que vous luy auez donnée, & où il ne se peut tenir que par vostre moyen; chassez le promptement hors du Royaume, ou pour mieux faire liurez le au Parlement de Paris, afin qu'il acheue son procez qu'il a desja commencé, vous ferez vne action de Iustice.

Mais afin qu'à l'auenir vous demeuriez ferme & inebranlable en vostre autorité, & que vous la puissiés heureusement continuer & vnir auec celle du Roy vostre fils quand il sera deuenu Majeur, & que vous ayez de puissans protecteurs qui vous deffendent hautement des entreprises de quelque nouueau fauori, donnez la liberté à Monsieur le Prince, qui vous a si bien deffendu, & ne la refusez pas au Prince de Conty & au Duc de Longueuille, qui sont si capables de vous maintenir contre tous vos ennemis, qui tous les jours font mil efforts pour partager auec vous & Monsieur le Duc d'Orleans la souueraine administration

ſtration de l'Eſtat, vous ferez vne action de prudence.

Deliurez, MADAME, ces trois Princes d'vne ſi injuſte captiuité, rendez leur, & à la Ducheſſe de Longueuille & aux autres malheureux à leur occaſion l'innocence
qui leur eſt oſtée par de ſi injurieuſes Declarations, ac-
cordez quelque lieu de ſeüreté à Madame ma belle fille &
au petit Duc d'Enguien mon petit fils, qui ont eſté con-
traints par violence & par menace d'vn ſiege de ſortir de
Mouron, où vous les auiez enuoyés, & de chercher comme
des auanturiers quelque coin du Royaume pour eſtre à
couuert de la perſecution injuſte de leurs ennemis ; enfin
prenez pitié d'vne Princeſſe qui eſt la mere de tant de
Princes affligez, eſcoutés mes ſoûpirs, entendez mes
plaintes, exaucez mes tres humbles ſupplications, & ſou-
lagez tous mes ennuis, vous ferez vne action de miſericorde, qui vous fera loüer de tous les gens de bien, &
qui attachera de plus en plus à tous vos commandemens
celle qui a eu l'honneur en pluſieurs rencontres de vous
teſmoigner qu'elle eſtoit autant par inclination que par
naiſſance

MADAME,

De voſtre Majeſté,

La tres humble, tres obeïſſante, & tres
fidelle ſujette & ſeruante
C. DE MONTMORANCY.

De Chilly ce 16.
May 1650.

www.ingramcontent.com/pod-product-compliance
Lightning Source LLC
Chambersburg PA
CBHW061646180626
46818CB00003B/983